7,95

Katharina Simon

CAROLINE

Die Verschwörung im Schloß

Schneider-Buch

*Ein Mädchenschicksal in
der großen Zeit
des Königreiches Bayern*

1

„Dies ist der hübscheste, der niedlichste Säugling ganz Bayerns, Hoheit!“ flüsterte die Kinderfrau. Dabei liefen ihr dicke Tränen über die Wangen. Sie bettete das weiße Bündel in die Wiege und öffnete das Fenster. Die hellblauen Seidenvorhänge wehten ins Zimmer. Sonne fiel hell auf die aufgetürmten Kissen. Die rundliche Frau mit der großen Haube und dem weiten Rock schob die Wiege beiseite. „Ein sehr, sehr hübsches Mädchen, Ihre Caroline, Hoheit!“ setzte sie hinzu.

Der hochgewachsene Herr nickte. Ein hübsches Kind? Wer

vermochte das ehrlicherweise zu sagen? Dieses kleine Ding war so zierlich, sein Gesicht so verschrumpelt. Das Köpfchen sah fast aus wie eine geballte Faust. Gewiß, es hatte eine winzige Nase, ein ebenso winziges Mäulchen, aus dessen Winkel ein wenig Spucke heraustropfte. Die Augen waren geschlossen, seidenweich waren die Wimpern. Die Wimpern waren vielleicht das Hübscheste an dem Baby, das noch keine Haare hatte, nur einen ganz feinen, braunen Flaum, einen dünnen Pelz, der aber jetzt verborgen war unter einem gestickten Mützchen, das diesem Geschöpf beinahe das Aussehen einer Greisin verlieh. Sigbert Fürst zu Krötzingen-Waldegg wandte sich ab. Er spürte plötzlich eine Welle tiefen Schmerzes auf sich zurollen. Seine Kraft war aufgebraucht. Schon seit Jahren kränklich, ja, herzleidend, waren die Anstrengungen, die Ängste und dann das Leid der letzten Tage für seine schwache Gesundheit entschieden zuviel gewesen.

Er blickte starr zum Fenster hinaus. Da sah er in der Ferne den Kirchturm von Waldeggdorf mit der großen Uhr, deren goldene Zeiger die Mittagsstunde angaben, aber er sah in Wirklichkeit nichts. Nicht die Krokusse auf den Wiesen im Park, nicht die dicken Knospen an den Bäumen – er hörte nicht das Singen der Vögel, das Bellen der Hunde, nicht das Geschrei der Kinder im Hof der kleinen Schule nahe der Kirche.

Für ihn wurde es in diesem April 1799 nicht Frühling.

Sigbert zu Krötzingen-Waldegg gab sich einen Ruck. „Wir müssen die praktischen Dinge regeln“, sagte er mit rauher Stimme. „Ich fühle, daß mir nicht mehr viel Zeit bleibt.“

Frau Huber schwieg. Sie hätte gern widersprochen, aber das wäre unehrerbietig gewesen.

Der Fürst fuhr fort: „Ich bin froh, daß wir in der Närrin Elsbeth eine gute Amme gefunden haben. Um ein Kind zu nähren, braucht man eher ein gutes Herz als einen scharfen Verstand. Glücklicherweise ist der Sinn von Frau Elsbeth nicht von Geburt aus verwirrt, sondern durch ein schreckliches Erlebnis. Lieber wäre es mir freilich, sie zöge ganz zu uns ins Schloß . . ."

Die Kinderfrau hob unwillkürlich die Hand, aber der Fürst ließ sie nicht zu Wort kommen. „Ich weiß wohl, Huberin, daß Sie das nicht wollen. Warum eigentlich nicht?"

Nun erst sagte die Kinderfrau: „Bedenken Sie, Hoheit, die beiden Säuglinge sind gleich alt. Sie sind gleich groß. Sie haben die gleiche Augenfarbe, und Hoheit haben in Ihrer Güte der Elsbeth sogar erlaubt, ihr Kind nach der verstorbenen Hoheit, Ihrer Gemahlin, zu nennen."

„Die Närrin Elsbeth verehrte meine Frau!" murmelte der Fürst. „Aber da sie ihre Hütte im Moor sowieso nicht verlassen will, sondern lieber den Weg zu uns macht, ist es müßig, darüber zu reden. Mutterstelle an der kleinen Caroline werden so oder so Sie vertreten, Huberin!"

Frau Huber nickte. Das war selbstverständlich. Sie hatte es der sterbenden Fürstin in die Hand versprochen. Sie war bereit, alles für das Kind zu tun. Sie hätte sich für die Kleine in Stücke reißen lassen. Und sollte das Feuer der französischen Revolution aus Paris, wo man noch vor gar nicht langer Zeit die adligen Herren und Damen aufs Schafott geführt hatte, etwa jetzt noch nach Bayern herüberflammen, so würde sie den aufgebrachten Massen mit der Heugabel entgegentreten.

Allerdings, so schreckliche Dinge waren gegenwärtig nicht zu befürchten. Im Kurfürstentum Bayern war es ruhig – und in Frankreich hatten sich die blutigen Stürme gelegt. Dort war inzwischen der Stern eines jungen Generals aufgestiegen, der sogar die Heere des Kaisers von Österreich in Südtirol überwunden und die mächtige Republik Venedig unterworfen hatte.

Als ob der Fürst zu Krötzingen-Waldegg die Gedanken der Kinderfrau lesen konnte, sagte er, mehr zu sich selbst als zu ihr: „Größere Sorgen als die Gegenwart macht mir das zukünftige Schicksal meiner Tochter. Sie ist unter so unglücklichen Umständen auf die Welt gekommen. Sollte es Gott dem Herrn gefallen, auch mich schon bald zu sich zu rufen, wird es niemanden geben, der für sie sorgen kann. Wenigstens kenne ich in meiner eigenen Verwandtschaft keinen, dem ich mein Kind anvertrauen möchte. Im Gegenteil, von daher erwarte ich nur Böses." Seine Stimme war hart geworden. „Ich werde daher eine Verfügung treffen, die alle überraschen wird und die auch eine Überraschung bleiben soll. Falls das Schlimmste eintreten sollte, Frau Huber, bitte ich Sie, demjenigen, dem ich die Erziehung meiner Tochter anvertrauen will, ebenso treu zu dienen wie mir. Meine kleine Caroline hätte dann die Hilfe jedes guten Menschen bitter nötig."

Jetzt rauschten die schweren Kleider der Kinderfrau. Sie ergriff die herabhängende Hand des Fürsten und beugte sich tief. Aber er hob sie rasch auf. „Nicht doch, Huberin! Nun, ich weiß, ich weiß! Ich kann mich auf Sie verlassen! Und das macht mir das Herz ein wenig leichter!"

Frau Huber nickte. Und sie lächelte, noch immer über die Hand gebeugt. „Das können Sie, Hoheit!" Dann blickte sie auf. Und sie erschrak. Das Gesicht des Fürsten zu Krötzingen-Waldegg war blaß. Er faßte nach seinem Herzen.

„Was ist ... Hoheit ...", stammelte sie.

„Nichts, es ist nichts", stöhnte er. Aber seine Stimme und sein röchelnder Atem straften ihn Lügen. „Ich will mich ein wenig ausruhen ..."

„Soll ich nicht den Arzt rufen?"

„Nein, nein, wozu denn? Nicht nötig! Es war alles ein wenig viel für mich. All die Aufregungen, all das Leid. Ich ziehe mich auf mein Zimmer zurück. Heute abend geht es mir besser."

Sigbert Fürst zu Krötzingen-Waldegg wandte sich zum Gehen. Er ging sehr langsam. Aber er hielt sich gerade. Er verbiß sich den Schmerz in der linken Brust, ließ sich auch die Angst nicht anmerken.

Frau Huber seufzte. Sie sah ihm bekümmert nach. Dann beugte sie sich über die kleine Caroline, zupfte die Bettdecke zurecht, begann ein Schlummerlied zu summen.

Das Baby lächelte. Zufrieden steckte es den Daumen in den Mund.

Draußen sang die Glocke der Dorfkirche.

Beruhigt, daß die Kleine schlief, verließ Frau Huber den Raum.

2

Sigbert zu Krötzingen-Waldegg betrat sein Schlafzimmer. Er schloß die weißlackierte Tür hinter sich, ließ die Klinke aus glänzendem Messing los. Das Schloß schnappte zu.

Der Fürst bewegte sich langsam zur linken Hälfte des Doppelbettes. Die rechte Hälfte war flach, ohne Bettzeug, abgedeckt mit einem dunklen Bezug.

Seine Frau, Carolines Mutter, war bei der Geburt des Kindes gestorben. Er hatte sie erst vor wenigen Tagen in aller Stille auf dem Friedhof der kleinen Kirche beigesetzt, dort, wo der Gottesacker an den Schloßpark grenzte, gleich im Eck hinter der großen Mauer, im Familiengrab der Fürsten zu Krötzingen-

Waldegg. Da sollten im Sommer wieder Rosen blühen.

In aller Stille – aber das hieß nicht, daß nicht das ganze Dorf Waldegg, daß nicht alle Bauern, die Tagelöhner des Gutes, die Bediensteten, der Arzt, der Notar aus der kleinen Stadt Krötzingen, dem Sarg gefolgt wären, der ganz bedeckt war mit Kränzen, in die der Gärtner die ersten Frühlingsblumen geflochten hatte, aus den Treibhäusern und aus der Orangerie.

Der Fürst spürte eine leichte Übelkeit. Er ging an seinen Schreibtisch, der zwischen den beiden hohen Fenstern im Erker stand. Er zog eine Schublade auf und entnahm ihr ein dunkelgrünes, ledergebundenes Buch, das mit einem Schloß versehen war. Aus der Tasche seiner Weste angelte er mit dem Zeigefinger einen kleinen Schlüssel. Er steckte ihn ins Schloß und öffnete das Buch. Auf der ersten Seite stand in seiner sauberen Handschrift *Mein Tagebuch*. Er ließ sich auf dem gepolsterten Hocker nieder und schlug das Buch weit hinten auf. Unter die letzte Eintragung setzte er mit der Gänsefeder, die er sorgsam ins gläserne Tintenfaß tauchte, das Datum des heutigen Tages:

23. April 1799

Meine liebe Tochter. Du bist nun alt genug, daß ich Dir ein kleines Geheimnis verraten kann. Ich habe es selbst nur durch Zufall entdeckt, als Dich Deine Kinderfrau badete. Auf Deiner Schulter, zwischen den beiden Schulterblättern, aber etwas nach links versetzt, trägst Du ein deutliches Muttermal. Es soll Dich immer an Deine liebe Mutter erinnern, denn auch sie trug dieses seltene Zeichen – was aber nur ich wußte. Es hat die besondere Form einer kleinen braunen Krone mit fünf Zacken. Sicher hat kein anderer Mensch ein solches Mal, und ganz gewiß nicht am gleichen Ort. Ich möchte, daß Du weißt, daß dieses Mal Dich mit Deiner Mutter verbindet, und daß Du stolz darauf sein kannst, meine kleine Caroline, Prinzessin zu Krötzingen-Waldegg.

Danach verschloß der Fürst das Buch und legte es wieder in die Schublade.

Er litt unter immer stärkeren Schmerzen. Er hätte sich hinlegen sollen. Und zwar rasch. Aber sein Verantwortungsgefühl war größer.

Noch einmal zog er eine andere Schublade auf, entnahm ihr einen Briefbogen und ein Kuvert. Nur wenige Zeilen warf er mit eiliger Feder auf das Papier. Er schrieb:

Mein lieber Alexander!

Ich fühle, daß mich Gott der Herr bald zu sich rufen wird. Bist Du auch nicht Carolines Blutsverwandter, so habe ich doch zu Dir das größte Vertrauen. Ich bitte Dich, an ihr Vaterstelle zu vertreten. Ich bitte Dich auch, ihr mein Tagebuch auszuhändigen, jedoch erst an ihrem 14. Geburtstag. Bis dahin ist es sorgfältig und verschlossen aufzubewahren. Es wird ihr von ihrer Mutter und von mir erzählen, es enthält einige Ratschläge für ihre zukünftigen Aufgaben als Herrin über einen der größten Landsitze Bayerns und für ihre Rolle als Fürstin zu Krötzingen-Waldegg, es gibt ihr auch Aufschluß über ein kleines, ganz persönliches Geheimnis. Dir danke ich hiermit aus ganzem Herzen für alles, das Du für meine Tochter tun wirst. Du sollst wissen, daß es auch der Wunsch ihrer Mutter war, diese Verfügung zu treffen.

Leb wohl, Dein väterlicher Freund
Sigbert zu Krötzingen-Waldegg

Er überflog seine Zeilen noch einmal, streute Sand darüber, schüttelte ihn ab und faltete das Blatt. Er versiegelte es, indem er roten Lack an einer Kerze erhitzte und auf die Falzstellen drückte. Danach preßte er den Ring der linken Hand in die weiche Masse.

Nun endlich erhob er sich, schwankend. Das Schreiben ließ er auf dem Sekretär zurück. Ihm wurde schwarz vor den Augen. Er erreichte mit Mühe das Bett, sank darauf nieder, indem er gleichzeitig am Klingelzug riß, der daneben an der Wand hing.

3

Gleich darauf traf der Kammerdiener Eugen ein, mit leisen Schritten. Die blankgeputzten Silberknöpfe auf seiner betreßten roten Livree blitzten. Rasch ging er zum Bett, beugte sich ein wenig vor und zuckte zusammen.

Das Gesicht des Fürsten wirkte erschreckend, der Atem ging rasch, die Wangen waren eingefallen, scharf trat die Nase hervor. Die Augen waren geschlossen.

„Hoheit!“ flüsterte Eugen. „Sind Hoheit nicht wohl?“

„Laß den Arzt rufen!“ Die Lippen bewegten sich kaum. „Rasch! Oder nein! Franticek soll zuerst zum Notar reiten, Eugen, verstehst du, zu Dr. Gailhofer, danach zum Arzt. Der Notar soll sofort kommen, unverzüglich, Eugen!“

„Sehr wohl, Hoheit“, antwortete Eugen. Und er eilte, den Befehl zu erteilen.

Bald darauf ritt der Bursche Franticek durch das Tor, im Galopp.

Angst breitete sich aus im Schloß, legte sich auf die Seelen der Menschen.

Während Eugen zurückging ins Zimmer des Herrn, ihm das Jackett auszog, das Hemd am Kragen öffnete, eilte Frau Huber, von einer unbestimmten Sorge getrieben, in die Kinderstube.

Da lag die kleine Caroline in der Wiege, die Augen geschlossen, das Däumchen im Mund. Sie schlief noch immer, sie sah aus, als ob sie lächelte.

In einer Aufwallung von Mitleid nahm Frau Huber das Kind aus den Kissen. Sie hob das weiß geschnürte Bündel auf den Arm, sie preßte es an ihre Brust. Sie wiegte es hin und her.

Und wie um sich selbst zu beruhigen, begann Frau Huber, dem Kind leise etwas zu erzählen: „Ich sehe dich schon vor mir, kleine Hoheit, das Haar fällt dir braun und weich in den Nacken, du bist groß und schlank, du bist schon eine richtige kleine Prinzessin. Du wirst das schönste Mädchen Bayerns sein, vielleicht wird sogar der Kurfürst um deine Hand anhalten . . ."

4

Der Bursche Franticek ritt das Pferd in scharfem Galopp. In die Stadt Krötzingen jagte er nur eine halbe Stunde, quer über die Felder, weil's kürzer war als auf der breiten Fahrstraße. Zum Notar ritt er zuerst. Er sprang aus dem Sattel, warf dem Pferd die Zügel über den Hals. Franticek riß fast die Glocke ab, ihr helles Bimmeln gellte. Der Schreiber des Notars erschien an der Pforte mit eigenartig schlenkernden Bewegungen, wollte sich über soviel Ungeduld beschweren, schwieg aber, als er Franticeks dringende Bitte hörte. Der Herr Notar möge kommen, und zwar sofort, zum Fürsten, der schwer erkrankt sei, vielleicht auf den Tod.

Und schon sprang Franticek wieder auf, trabte über das Kopfsteinpflaster des Platzes, hinaus zum anderen Ende der Kleinstadt, wo der Arzt wohnte.

Währenddessen ließ der Notar seine Kutsche schon anspannen, ein leichtes Gefährt mit hohen Rädern, weich gefedert. Wind kam auf, und Wolken bildeten sich grau über dem Birkenmoor.

Das Haus des Arztes lag in einem eingezäunten Garten. Aber der Arzt war nicht daheim. Die Frau hob bedauernd die Hände, er war zu einer Bäuerin gefahren, die niederkam und es schwer hatte.

Und so ein Unglück über dem Haus Krötzingen-Waldegg! Gleich schickte die Frau des Arztes die Magd zu dem Bauern. Vielleicht war ja das Kind inzwischen geboren.

Nun trabte Franticek zurück.

Er saß gebeugt im Sattel, hing seinen Gedanken nach. Sollte dem Herrn etwas geschehen, wer weiß, was dann aus ihm wurde, dem Franticek aus Böhmen, der von dort hergewandert war auf der Flucht vor der Polizei, eines Ehrenhandels wegen. Einem jungen Adligen hatte er mit dem Degen das Fürchten gelehrt, weil er einem Mädchen unverschämt nahegetreten war. Da hatte man Franticek einen Mordversuch anhängen wollen, hatte die Wahrheit verdreht – und er mußte die Heimat verlassen. Der Fürst hatte ihn aufgenommen, ihm vertraut.

Aber wenn der Herr nun starb? Dann war Franticek ein Ausländer und mußte vielleicht wieder gehen. Vielleicht ging er auch aus freien Stücken. Jedem mochte er nicht dienen.

Er war ein junger Mann, sehr kräftig, er hatte etwas von einem Adler mit seiner scharfen Nase und den aufmerksamen grauen Augen. Man sah ihm an, daß er kein gewöhnlicher Bursche war. Er trug ein braunes Gewand, eine braune Leinenjacke und braune Hosen, die in festen braunen Stiefeln steckten. So sah er gut aus, ein Diener des Fürsten zu Krötzingen-Waldegg, der das goldene Wappen gestickt auf dem Kragen tragen durfte; das schaffte ihm Ansehen.

Als Franticek ins Schloß zurückkehrte und sein Pferd in den Stall führte, es abhalfterte und trockenrieb, stand die Kutsche des Notars schon vor der breiten Steintreppe.

Auch der Arzt kam dann bald, mit Peitschenknall, die Räder knirschten über den Kies. Lakaien rannten herbei und halfen beim Aussteigen. Als er die Treppe hinaufstieg, schwer atmend, kam ihm der Notar aus dem Haus schon entgegen, mit einer Ledertasche.

„Wie steht's?" fragte der Arzt eilig im Vorbeigehen.

„Nicht gut!" antwortete der Notar, den Kopf zurückwendend, denn der Arzt war schon drinnen. "Man sollte den Pfarrer holen!"

Am Abend läuteten die Totenglocken. Da bettete die Kinderfrau Huber die kleine Caroline fürsorglich in die Wiege. Das Kind war eingeschlafen. Behutsam deckte sie es zu, strich ihm über die Wange, flüsterte: „Du armes Kind! Hast nun keine Mutter und keinen Vater mehr! Was soll aus dir werden? Wer wird dein Vormund? Gewiß bist du reich, sehr reich, Caroline zu Krötzingen-Waldegg. Aber ist dieser Reichtum nun nicht gerade die größte Gefahr für dich?"

5

Der Tod des Fürsten war für die ganze Gegend ein einschneidendes Ereignis. Die Nachricht verbreitete sich schnell. Und bereits am nächsten Morgen erschien der *Krötzinger Landbote* mit Trauerrand und einer ausführlichen Würdigung.

Auch in diesem Artikel wurde die Frage ausgesprochen, die

jedermann bewegte: Wer würde nun die Verwaltung der riesigen Güter und Ländereien übernehmen, nachdem die einzige Tochter noch in den Windeln lag?

Darüber aber hatte der Fürst glücklicherweise kurz vor seinem Tode noch eine Verfügung treffen können.

Und der Notar Dr. Paulus Gailhofer beeilte sich, die nächsten Verwandten vom Ableben Seiner Hoheit in Kenntnis zu setzen und sie zur Testamentseröffnung zu bitten.

Er tat dies in seiner kleinen, mit braunen Möbeln vollgestellten Kanzlei, indem er einem Schreiber die notwendigen Briefe diktierte und ihm auftrug, sie sofort zur Posthalterei zu bringen.

„Passen Sie auf, Kaltenegger", erklärte der Notar, indem er sich eine Prise Schnupftabak auf den Handrücken schüttete und mit der fleischigen Nase einsog. "Passen Sie auf, ich vermute, die Dinge werden nicht so glatt ablaufen, wie der Fürst es sich wünschte."

„Sind da noch andere Erbberechtigte?" fragte Kaltenegger.

Ehe der Notar antworten konnte, mußte er niesen. Eine heftige Explosion erschütterte die Kanzlei.

Kaltenegger erschrak, wünschte aber, zusammenzuckend und sich windend: „Wohl bekomm's!"

Der Notar kam nun zu Wort, schnaufend: „Die Güter und Ländereien des Fürsten gehören zu den größten des Kurfürstentums Bayern. Unser verstorbener Fürst hatte einen jüngeren Bruder, der zwar selbst ein Vermögen erbte, dieses aber beim Spiel und durch ein lockeres Leben verwirtschaftete. Auch er ist tot. Er hinterließ aber einen Sohn, der – wäre der Fürst kinderlos gestorben – sein Erbe angetreten hätte. Was folgern Sie nun daraus, Kaltenegger?"

Der Schreiber überlegte nicht lange. „Der Neffe des Verstorbenen wird über die Geburt des Mädchens nicht erfreut sein!"

„Richtig! Der junge Herr Miko zu Krötzingen-Waldegg – er trägt wohl den Namen, nicht aber den Titel, obwohl man ihm Fürstliche Hoheit anredet – muß in Caroline das einzige Hindernis sehen, das zwischen ihm und dem großen Reichtum, dem Titel sowie der geachteten Stellung bei Hofe liegt."

„Und er wird, da er wohl als der nächste Verwandte der kleinen Caroline natürlich ihr Vormund wird, alles daransetzen, in den uneingeschränkten Genuß des Vermögens zu kommen."

„Diesmal haben Sie danebengetroffen, Kaltenegger. Unser verstorbener Fürst mißtraute seinem leichtlebigen Neffen. Die beiden mochten sich nie. Und Miko wiederum hat noch einen Halbbruder. Sehen Sie, Mikos Vater heiratete, nachdem er seine Güter heruntergewirtschaftet hatte und Mikos Mutter vor Gram gestorben war, ein zweites Mal. Und zwar die Witwe des reichen Bankiers Friedrich Helmbold. Sie brachte nicht nur ihr großes Vermögen in die Ehe, wodurch sie Mikos Vater vor dem Untergang rettete, sie hatte auch bereits einen Sohn, der den Namen ihres ersten Gatten trägt: Alexander Helmbold. Nun, und eben jenen Alexander hat der Fürst zum Vormund Carolines bestellt, obwohl er in keiner Weise mit ihr verwandt ist – oder vielleicht gerade deswegen. Das ist ein unerhörter Vorgang, denn Herr Helmbold ist ja Bürgerlicher! Die ganze adlige Verwandtschaft wird sich gegen ihn stellen! Aber das Recht ist auf seiner Seite." Nun nieste der Notar so heftig, daß er fast aus dem Gleichgewicht geriet.

Noch einmal öffnete Schloß Waldegg seine Tore weit, wie in früheren, festlichen Zeiten. Unter der umsichtigen Leitung des Kammerdieners Eugen tat das Personal sein Äußerstes. Alle Gastzimmer wurden hergerichtet, Fenster und Spiegel geputzt, Betten bezogen.

Die reitenden Boten der Extrapost hatten ihre Pferde nicht geschont; alle Geladenen waren von ihren Gütern oder aus ihren Stadthäusern aufgebrochen und erschienen am festgesetzten Tage auf dem Schloß, um als Trauergäste an der Beisetzung teilzunehmen und später bei der Testamentseröffnung zugegen zu sein.

Es war ein frühlingshafter Apriltag – der Mai stand schon vor der Tür –, als von der Mittagsstunde an die verschiedenen Kutschen und Kaleschen, die Chaisen, Einspänner, die Coupés und Cabriolets durch das offene Gittertor in den Schloßhof rollten. Der Anblick der prächtigen Pferde mit ihrem edlen Geschirr, der Schimmel oder Rappen, der Braunen oder Schekken, legte allein schon Zeugnis ab von der Bedeutung der anreisenden Herrschaften. Wieviel mehr noch taten dies die Kutscher in ihren weiten Mänteln und betreßten Röcken, mit ihren hohen Hüten oder bunten Dreispitzen, die Lakaien und Diener in ihren vielfarbigen Livreen – zumal auf dem Kutschbock neben dem Kutscher meist noch die Stallknechte mitreisten.

Da wurden große Koffer in die bereitstehenden Räume geschleppt, während sich die Herrschaften selbst zunächst noch in die Dorfkirche begaben, um am Sarge des Verstorbenen ein Gebet zu sprechen und Blumen niederzulegen.

Auch Miko zu Krötzingen-Waldegg und seine Frau Herta traten vor den Sarg, neigten die Köpfe, wobei Miko seinen Hut mit dem blitzenden Wappen aus Silber und Brillanten abnahm. Sie falteten die Hände und murmelten etwas, das man für ein Gebet halten, was aber genausogut irgendein belangloser Satz, wenn nicht gar eine Verwünschung sein konnte.

Danach jedoch gingen sie nicht in den Gobelin-Saal, um sich mit anderen Trauergästen teilnahmsvoller Erinnerungen an den

Verstorbenen hinzugeben, das Schicksal der kleinen Caroline zu beklagen und Mutmaßungen über ihr zukünftiges Schicksal anzustellen. Sie ließen sich von Frau Huber die kleine Caroline zeigen. Ihre Selbstbeherrschung war bewunderungswürdig. Herta zu Krötzingen-Waldegg erging sich in Ausrufen des Entzückens und des Mitgefühls.

Aber in Wirklichkeit wünschte sie „das Balg" zum Teufel, das sie daran hinderte, hier die Herrin zu werden und am Hofe des Kurfürsten in München zu glänzen.

Die Kleine blinzelte verschlafen, war aber im übrigen so unschuldig und verständnislos, wie es ein Säugling in seinen Windeln nur sein kann.

Miko und Herta waren ein schönes Paar, beide noch jung, etwa Ende Zwanzig. Miko überragte seine Frau um Hauptes-länge, er war schlank, ging jedoch ein wenig gebeugt. Wenn er sich aufregte, litt er unter einer quälenden Verengung des Halses, die ihm den Atem abschnürte.

Da war Herta offenbar anders. Sie hielt sich sehr gerade, blickte kühn aus blauen Augen, und wäre mit ihrem dichten hellblonden Haar eine vollkommene Schönheit gewesen, wenn die Härte ihres Willens ihrem Gesicht nicht zuweilen eine erschreckende Schärfe verliehen hätte.

Diese scheinbar so warmherzigen Verwandten erkundigten sich voller Teilnahme bei der Kinderfrau nach der Gesundheit der Kleinen. Sie fragten auch nach der Amme, und ob diese reichlich Milch habe – und schienen ein wenig verwundert zu sein, als sie hörten, daß die Närrin Elsbeth das Kind stillte.

„Elsbeth ...", murmelte Miko und runzelte die Stirn.

„Kennst du sie?" fragte Herta.

„Als Junge besuchte ich den Onkel mehrmals hier in Waldegg. Da war ich auch oft draußen im Birkenmoor, bei den Häuslern;

damals war Elsbeth freilich noch nicht närrisch, damals lebte ihr Mann Hans noch. Sie waren fleißige Leute ..."

„Wodurch ist sie närrisch geworden?"

„Umherziehende, desertierte Soldaten, die ihnen das letzte Geld aus der Truhe raubten, haben ihren Mann, der sich zur Wehr setzte, vor ihren Augen zu Tode geprügelt", erklärte Frau Huber. „Das war vor acht Monaten. Sie erwartete schon ihr Kind, das jetzt zur Welt kam und schwächlich ist. Damals hat sich der Verstand der Elsbeth verwirrt. Aber sie ist eine gesunde Frau und hat leicht Milch für zwei."

„Trotzdem, eine Närrin!" Frau Herta zog die Mundwinkel herab. Dann schwieg sie.

Frau Huber fühlte sich entlassen. Die weißen Bänder ihrer Haube flatterten wie Vogelflügel, als sie in einem tiefen Knicks versank – das Kind auf den Armen.

Kaum waren Herta und Miko allein, zogen sie die schweren Samtvorhänge zu. „Dieses Kind muß weg!" flüsterte Herta.

Er erschrak. „Was meinst du?"

„Ich denke an das Schloß, an das Vermögen, an die Ländereien, ich denke an dich! Alles könnte dein sein, könnte jetzt uns gehören, wäre Caroline nicht auf der Welt!"

„Ich weiß!" Er blickte Herta düster an. „Ich denke an nichts anderes. Nicht erst jetzt! Schon lange, bevor mein Onkel starb!"

„Jetzt liegt nur noch Caroline zwischen uns und diesem ungeheuren Erbe!"

„Wir können das Kind doch nicht umbringen!" rief er. Aber sie legte ihm rasch ihre Hand auf den Mund. „Natürlich nicht! Ich will ja nicht an den Galgen!"

„Was hast du also vor?"

Herta ging erregt im Zimmer auf und ab. Der kostbare Teppich dämpfte ihre Schritte. Manchmal blieb sie stehen, warf den Kopf zurück, wodurch ihr volles, blondes Haar über die Schultern flog, ein Anblick, den Miko zu Krötzingen-Waldegg so liebte, daß er dafür vielleicht sogar zum Verbrecher werden konnte.

Sie stand jetzt am offenen Kamin. Fest sah sie ihren Mann an. Irrte er sich, oder las er wirklich eine gewisse Geringschätzung in ihrem Blick? Nichts konnte er weniger ertragen. Herta sagte leise, aber mit unterdrückter Energie: „Ich weiß noch nicht, was wir tun können. Ich weiß nur, daß etwas geschehen muß. Übrigens muß es ja auch noch nicht gleich heute sein. Wir wollen nachdenken, die Augen offenhalten und überlegen. Nur eins wollen wir heute schon tun: uns versprechen zu handeln, sobald sich uns die Gelegenheit bietet!" Sie ging drei Schritte auf ihn zu und streckte ihm die Hand entgegen.

Miko schlug ein. Aber sein Händedruck war schlaffer, weniger kraftvoll als der ihre. Um so besser, dachte sie. Um so viel besser kann ich ihn nach meinem Willen formen.

„Es ist gut!" murmelte sie. „Von heute an sind wir Verschworene, Verbündete! Als erstes werden wir allen Leuten Sand in die Augen streuen. Wir werden so tun, als gäbe es niemanden auf der Welt, der uns näher steht als die kleine Caroline!"

„Ja", sagte er düster. „Wenn wenigstens ich ihr Vormund würde und nicht mein lästiger Halbbruder Alexander!"

„Es ist nicht zu ändern", antwortete sie. „... ganz von Caroline fernhalten wird Alexander uns ja kaum können", setzte sie ihren Gedanken dann fort. „Übrigens: wer weiß, wie lange er ihr Vormund sein kann ... oder anders ausgedrückt: wie lange er ein Mündel haben wird? Außerdem ist er noch nicht gekommen. Vielleicht schlägt er das mühe- und verantwortungsvolle Amt ja aus?"

„Das glaube ich kaum. Er scheut keine Aufgabe."

„Warten wir ab. Und jetzt schlage ich vor, daß wir zwei ausreiten."

„Wohin?"

„Unseren Besitz besichtigen!" Sie lächelte gefährlich.

„Ich kenne hier von Kind auf fast jeden Baum, fast jeden Stein!" erklärte Miko.

„Sehr gut! So weißt du auch, wo diese Närrin wohnt... Carolines Amme?"

„Im Birkenmoor, ja."

„Wir reiten zu ihr. Ist es weit?"

„Man könnte ihre Hütte sogar zu Fuß erreichen. Die Närrin muß den Weg täglich mehrmals gehen, wenn sie kommt, um Caroline zu stillen. Zu Pferde ist man leicht in einer Viertelstunde bei ihr."

„Ausgezeichnet!"

„Was willst du bei ihr?"

„Sie kennenlernen. Da sie die Amme des Kindes ist, ist sie jetzt fast seine Mutter."

„Sie hat selbst ein Kind."

„Natürlich. Sonst hätte sie ja keine Milch! Ist es ein Junge oder ein Mädchen?"

„Ich weiß nicht. Man könnte den Kammerdiener Eugen fragen oder die Kinderfrau Huber!" Er ging zur Tür und drückte die Klinke herunter.

Da hielt sie ihn zurück. „Nein! Wir wollen unseren Besuch bei der Amme geheimhalten."

„Wie du meinst!"

„So befiehl dem Burschen, er soll uns zwei Pferde satteln. Und noch etwas. Es könnte den Gästen vielleicht ungehörig vorkommen, daß wir ausreiten. Das sieht so nach Vergnügen aus." Sie lächelte spöttisch. „Schließlich ist das Schloß jetzt ein Trauerhaus. Weißt du eine Stelle, wo wir die Pferde besteigen können, ohne daß man uns sieht?"

„Ja, im hinteren Park, bei der Orangerie!"

„Gut! Komm, wir gehen ungesehen dorthin!"

„Ja. Das ist von diesem Zimmer aus sogar besonders einfach. Vom Ostflügel des Schlosses führt nämlich eine Dienstbotentreppe in die Wirtschaftsräume. Sie geht an einem Ausgang zum hinteren Park vorbei. Diese Treppe wird heute kaum benutzt werden. Alle Dienstboten sind im Haupthaus, in der Nähe des Saales, mit den Trauergästen beschäftigt!"

„Besser kann es gar nicht sein!" flüsterte Herta befriedigt.

6

Franticek gehorchte, ohne zu fragen. Er führte die beiden Braunen zur Orangerie. Das langgestreckte, niedrige Gebäude mit den großen Glasfenstern lag verborgen hinter dichten Büschen und Bäumen. In seinem Inneren überwinterten die seltenen Pflanzen aus südlichen Ländern, die der Schloßgärtner zu betreuen hatte. Darunter befanden sich auch Zitronen- und Orangenbäumchen, Lorbeer und Oleander. Im Sommer wurden die Gewächse in großen Kübeln und Töpfen ins Freie gebracht.

Jetzt herrschte eine graue Atmosphäre um das heitere, gelb verputzte Haus. Der Abend kam mit Düsterkeit. Die Wolken zogen tief über die Baumkronen, sie erinnerten an wilde himmlische Reiter. Der Wind rauschte, er bewegte die Äste, die sich dem Frühling entgegenreckten.

Die Pferde warfen die Köpfe. Sie schnaubten. Sie stampften

unruhig mit den Hufen. Franticek hielt sie fest an den Trensen, zog ihre Köpfe zu sich herab, redete ihnen freundlich zu: „Ruhig, nur ruhig!" Er wunderte sich zwar, warum die jungen Herrschaften jetzt ausreiten wollten, zu dieser Abendstunde, bei diesem Wetter, warum sie nicht bei den anderen Trauergästen im Saal weilten. Aber schließlich, was ging es ihn an, was gingen ihn überhaupt die Herrschaften und ihre Beweggründe an? Eigentlich war es ja sogar gut, daß die Pferde bewegt wurden, allzulange – seit der Erkrankung des Herrn – waren sie vernachlässigt worden.

Endlich kamen die fürstlichen Hoheiten. Sie traten sehr leise und eilig zwischen den Bäumen hervor. Franticek hörte sie kaum kommen.

Miko sagte: „Gut, daß du uns nicht warten läßt, Franticek!" Er setzte seinen linken Fuß in den Steigbügel. „Hilf der Fürstin!"

Herta hatte den Zügel ihres Pferdes schon gefaßt. Franticek verschränkte die Finger seiner beiden Hände ineinander, er formte so eine Stufe. Herta trat hinein, sie packte den Sattelknauf, Franticek hob sie leicht an, sie schwang sich in ihren Sattel, im Damensitz; dabei berührte sie ganz leicht seine Schulter. „Danke!" sagte sie. „Übrigens, es braucht niemand zu erfahren, daß wir ausreiten, Franticek! Wir müssen hinaus in die Natur, wir wollen allein sein, ganz allein mit unserem Schmerz, in der freien Luft. Gerade jetzt, in der Abendstimmung." Franticek nickte.

Miko meinte: „Es soll dein Schaden nicht sein." Er reichte ihm einen Dukaten und setzte seinen Hut fester auf.

„Soll ich hier auf die Pferde warten? Wann werden Fürstliche Hoheit wieder zurück sein?"

Miko überlegte. Er blickte Herta an. Und Herta antwortete: „Nein! Wir wissen noch nicht, wann wir heimkehren, es kann spät, sehr spät werden. Wir werden die Pferde zum Stall bringen. Warte nicht auf uns!"

Sie hob zum Gruß kurz die Hand. Sie lächelte Franticek an. Er war unsicher, wußte nicht recht, ob er sich darüber freuen sollte. Herta war eine sehr schöne, eine königliche Erscheinung in ihrem dunklen Reitkostüm mit den leuchtenden blonden Haaren. Ihre hellblauen Augen strahlten, sogar jetzt, in der Dämmerung.

Die beiden trabten leise davon. Der weiche Gartenboden verschluckte den Hufschlag. Franticek schaute ihnen nach. Warum wünschte er nicht, daß sie die neuen Herren Waldeggs wurden? Gefiel es ihm nicht, dieser glänzenden jungen Frau zu dienen? Sie hätten ein großes Haus geführt, Feste, Lustbarkeiten, Bälle, Gäste – Prinzen, Generäle und Diplomaten. Vielleicht würde sogar der Kurfürst kommen. Aber irgend etwas machte Franticek mißtrauisch...

Nun, von ihm hing es ja auch nicht ab. Er steckte den Dukaten in die Tasche, wunderte sich, daß er soviel Geld bekommen hatte, für nichts, ungewöhnlich viel, eigentlich zu viel. Er ging durch den Park in den Stall zurück. Da heute noch Gäste erwartet wurden, gab es für ihn viel zu tun, bis spät in die Nacht. Pferde waren auszuspannen und zu versorgen, Kutschen zu reinigen und in der Remise unterzustellen.

7

Miko ritt schweigend neben Herta. In der Umgebung des Schlosses hielten sie die Pferde zurück, erst später gingen sie in Trab über. Der Boden war schwer, die flache Landschaft verschwamm im Dämmergrau. Der Wind fuhr ihnen ins Gesicht, die Mähnen der Pferde flogen.

Da Miko den Weg kannte, ritt er ein wenig voraus. Herta hatte ihn angewiesen, zunächst die entgegengesetzte Richtung einzuschlagen und erst später in großem Bogen um das Schloß herum zum Birkenmoor zu reiten.

Sie begegneten keinem Menschen. Die Bauern waren schon von den Feldern heimgekehrt in ihre Häuser.

Sie galoppierten über Wiesen und aufgeweichte Felder. Es störte sie nicht, wenn sie dabei frisch keimende Saat zertrampelten. Die Erde wurde in Klumpen von den Hufen emporgewirbelt.

Der Waldrand stand dunkel und fern wie eine Mauer. Dann erhoben sich auf einem Hügel drei schlanke Pappeln wie Türme in der Dämmerung, darunter stand ein kleiner Holzbau mit spitzem Dach. Herta zügelte ihren Braunen, sie wollte wissen, was das wäre. Miko erzählte, es sei eine Marienkapelle aus alter Zeit. Drinnen gab es schmale Bänke vor dem geschnitzten Gnadenbild der Mutter Gottes, davor Kerzen, das ewige Licht. Manchmal beteten Bäuerinnen hier, Mütter in Not – man schrieb der Maria Wunderkräfte zu.

Als sie in das Moorgebiet ritten, war es fast dunkel. Ein schmaler festgetretener Pfad führte durch niedriges Buschwerk zu Elsbeth Schneewinds Hütte, die sie allein bewohnte, seit ihr Hans auf so schreckliche Weise zu Tode geprügelt worden war.

An der Stelle, wo er gestorben war, hatte Elsbeth ein kleines Kreuz errichtet, sie schmückte es oft mit Wiesenblumen.

Herta und Miko sprangen aus den Sätteln. Miko band die Zügel der Pferde an einem Pumprohr beim hölzernen Brunnenbecken fest. Aus dem winzigen Fenster des Häuschens fiel mattes Licht. Drinnen brannte eine einzige Kerze.

Herta legte Miko die Hand auf den Unterarm. Sie zog ihn mit sich. Auf Zehenspitzen gingen sie zu dem Fenster, drückten sich gegen die Wand, schoben die Köpfe ein wenig vor und blickten durch die Scheibe.

Nur eine Frau war in der Stube. In einem grauen, lang herabfallenden Kleid saß sie auf einem niedrigen Hocker. Sie beugte sich weit vor, ihr Rücken war gekrümmt. Ihre Arme umklammerten eine Kiste. Es war eine Kiste aus einfachem Holz – aber diese Kiste war ein Bettchen.

Die Närrin weinte. Ihr gebeugter, zusammengesunkener Körper wurde von einem Schluchzen geschüttelt, das in Wellen kam und dann wieder verebbte.

Miko flüsterte: „Es muß ihr Kind sein – das in der Kiste."

Sofort verschloß ihm Herta die Lippen. Sie drehte ihm den Kopf zu, in ihre Augen trat ein triumphierender Ausdruck. „Das könnte unser Glück sein!" flüsterte sie.

„Was?" brachte er hervor.

„Wir werden sehen. Überlaß nur alles mir!"

Er wußte nichts zu sagen. Sein Herz klopfte.

Herta richtete sich auf. Sie zupfte ihr Kleid zurecht, strich sich die Haare aus der Stirn und ging entschlossen zur Tür. Sie klopfte nur kurz, wartete keine Antwort ab, trat ein.

Miko folgte ihr zögernd.

Die Närrin blickte auf. Ihr Gesicht war tränenüberströmt. Ihre Augen waren gerötet. Trotzdem bemerkte man, daß sie ein schönes, klares Gesicht hatte, sanfte Züge – eine zerstörte, jugendliche Schönheit. Es war nicht zu sehen, ob sie wußte, wer zu ihr kam.

„Tot!" wimmerte sie, ohne jedes andere Wort, ohne Begrüßung. „Tot, tot, tot ... sie ist tot!"

Herta trat zu ihr. Sie legte der Närrin ihre Hand auf die

Schulter. „Wer ist tot?" fragte sie, indem sie sich zu dem weinenden Gesicht hinunterbeugte. „Wer ist tot?" Natürlich wußte sie, wer gemeint war, aber sie wollte ganz sicher sein, ohne jeden Zweifel.

„Tot, tot, mein Liebling ist tot!" wimmerte die Frau leise.

„Ein Mädchen, eine Tochter?" fragte Herta, fragte es fast beschwörend.

Die Närrin nickte.

„Und sie ist zur gleichen Zeit geboren wie die kleine Caroline, ja, drüben auf dem Schloß? Deshalb hast du Milch für sie, deshalb konntest du ihre Amme werden?"

Die Närrin nickte erneut. „Caroline! Am gleichen Tag, ja! Mein Liebling ist tot, tot!"

Herta richtete sich wieder auf. Sie trat an die Kiste und schob das Federbettchen beiseite. Miko schaute sie wie gebannt an, er konnte das tote Kind nicht sehen, wollte es auch nicht. Aber Herta musterte es lange, sehr lange.

Ein sehr feines, kaum wahrnehmbares Lächeln spielte um ihre Lippen. Sie deckte das Kind sorgsam wieder zu. Dann wandte sie sich der Närrin zu, kauerte sich neben sie. Miko wunderte sich. Noch nie hatte sich seine stolze Herta so herzlich, fast schwesterlich einem Menschen niederen Ranges zugeneigt. Jetzt faßte sie sogar die linke Hand der Närrin. „Höre", sagte sie, sie flüsterte es leidenschaftlich, „höre, Elsbeth, liebe Elsbeth, du mußt glauben! Es gibt Wunder! Du lebst doch allein hier?"

Die Närrin nickte. „Nur sie . . ." Sie deutete auf das tote Kind in der Wiege.

„Seit wann weißt du, daß sie hier so . . . so still liegt und sich nicht rührt?"

„Seit ich zurückkam aus dem Schloß", flüsterte die Frau.

„Und es weiß sonst noch niemand?"

Die Närrin schüttelte den Kopf. „Bin ganz allein hier", sagte sie. „Und kommt auch keiner."

Herta strich ihr über den Kopf. „Es ist recht!" sagte sie. „Ganz richtig, daß du allein bist, gut, daß niemand kommt." Sie sagte es wie zu sich selbst. „Höre, Elsbeth, deine kleine Tochter ist vielleicht nicht tot, sie kann wieder leben, wenn sie jetzt auch in einer todesähnlichen Ohnmacht liegt..."

Die Närrin hatte aufgehört zu schluchzen. Das war es, worauf sie gewartet hatte, auf Worte der Hoffnung. Diese schöne Frau sprach zu ihr, diese wunderschöne Frau, deren Haare im Goldglanz der Kerze leuchteten. Und wie im Traum murmelte Elsbeth: „Wer bist du? Bist du ein Engel? Ja, gewiß, du bist ein Engel!"

Miko zog sich auf Zehenspitzen zurück, er trat an den Türrahmen, lehnte sich daran, schaute und lauschte, atemlos. Seine Hände krampften sich ineinander, so daß die Knöchel weiß hervortraten. Er spürte, wie sein Hals enger wurde, ihm den Atem schnürte.

Herta aber hatte sich vollkommen in der Gewalt. „Es spielt keine Rolle, wer ich bin", sagte sie. „Es ist gleich, wer ich bin und woher ich komme. Du mußt mich vergessen, vollkommen vergessen. Verstehst du?"

Die Närrin nickte, wie träumend.

„Ja, morgen schon hast du mich vergessen. Du brauchst dich auch nicht an mich zu erinnern. Denn dann wird dein Kind wieder bei dir sein, es wird lachen, plaudern, dich umarmen. Nur heute mußt du mir gehorchen. Du mußt jetzt aufstehen und fortgehen! Du kennst doch die kleine Marienkapelle unter den drei großen Pappeln auf dem Hügel, dicht beim Wegkreuz?"

Die Närrin bewegte leise den Kopf.

„Geh dorthin. Jetzt gleich. Du mußt die ganze Nacht dort

bleiben, allein. Bis zum Morgengrauen. Du mußt beten. Die ganze Nacht mußt du zur heiligen, wundertätigen Mutter Gottes beten. Nie darfst du jemandem davon erzählen, nichts, gar nichts darfst du verraten. Hast du mich verstanden?"

Die Frau schaute, wie im Traum.

„Versprich es!"

„Ich verspreche es!"

„Nein, du mußt schwören. Beim Leben deines Kindes mußt du schwören, niemals irgend jemandem von dieser Stunde, von unserer Begegnung zu erzählen. Denn dann würde deine kleine Tochter sofort wieder in diese totenähnliche Ohnmacht fallen und nie wieder daraus erwachen."

Die Augen der Närrin weiteten sich angstvoll.

„Also schwöre!" Hertas Worte kamen stoßweise, ihre Stimme war rauh, brach vor innerer Erregung.

„Ich schwöre!" rief die Närrin. Herta ergriff ihren rechten Arm und riß ihn in die Höhe. Elsbeth bildete die Schwurhand aus Daumen, Zeige- und Mittelfinger. „Ich schwöre!" stotterte sie noch einmal. „Nie . . . nie!"

„Beim Leben meines Kindes!" sprach Herta vor.

„Beim Leben meines Kindes!" flüsterte die Närrin. Schweißtropfen traten auf ihre Stirn.

„Es ist gut!" Herta zog die Schwurhand herab, lockerte ihren Griff. „So geh!" befahl sie. „Geh gleich! Und schau dich nicht um, komm nicht zurück vor dem Morgengrauen!"

Elsbeth stand auf. Sie wirkte wie eine Schlafende. Sie bewegte sich wie eine Schattengestalt zur Tür. Der Saum ihres dunklen, langen Rockes schleifte am Boden. Sie hüllte ihren Kopf und ihren Oberkörper fest in das schwarze Tuch, als hätte sie das Bedürfnis, sich zu verbergen.

Ihre Augen waren ins Weite gerichtet. Sie schaute Miko wohl

an, aber sie blickte durch ihn hindurch. Sie sah, sie erkannte niemanden mehr. Sie öffnete die Tür und trat in die Nacht. Die Pferde draußen wieherten.

Elsbeth beachtete sie nicht. Bald war sie in der Dunkelheit verschwunden.

8

Miko verweilte noch an der Tür. Er wagte nicht, Herta anzusprechen. Er stand ganz im Bann dieser Szene, aber er stand auch im Bann der Ereignisse, die ihn mit sich fortrissen, obwohl er es eigentlich nicht wollte. Ja, er fürchtete sich. Was Herta vorhatte, ahnte er zwar nur, alles war so schnell gegangen, daß er kaum einen klaren Gedanken fassen konnte – aber er wußte, es war ein Verbrechen. Er schluckte, rang nach Luft...

Herta hockte noch einen Augenblick zusammengekauert auf der gleichen Stelle. Sie lauschte den verklingenden Schritten der Frau nach.

Dann strich sie sich über das Gesicht, wie um etwas wegzuwischen, vielleicht eine letzte Warnung ihres Gewissens. Sie schüttelte den Kopf. Ihre blonden Haare flogen. Sie sprang auf. Sie war von mitreißender Entschlossenheit.

„Komm!“ herrschte sie Miko heiser an.

„Was soll ich...“, stammelte er. Er wußte es nur zu gut.

Sie befahl es ihm. „Nimm das tote Kind. Nimm es so, wie es gekleidet ist, das ist wichtig. Aber laß das Bettzeug in der Kiste. Wickle es in irgendeinen alten Sack. Da, dort in der Ecke liegt einer. Merk dir die Stelle, wo du ihn wegnimmst. Dort muß er auch wieder hin, nachher!“

3 9465-8

„Nachher?“

„Tu nicht so. Eine solche Gelegenheit kommt nie, nie wieder! Wenn du jetzt handelst, ist unser Glück gemacht. Wenn du jetzt versagst, werde ich dir das nie verzeihen, niemals...“

„Aber...“, murmelte er schwach, wagte kaum einen Widerstand, griff sich an den Hals, öffnete den Mund, alles war wie zugeschnürt.

„Beruhige dich!“ sagte Herta hart. „Wir begehen ja keinen Mord! Da kannst du doch froh sein. Caroline wird leben! Sie wird sogar von derselben Brust gestillt, die sie jetzt schon ernährt. Ihr wird also nichts fehlen. Und wenn du später noch Gewissensbisse verspüren solltest, wird es viele Möglichkeiten geben, ihr Gutes zu tun, sie reich zu beschenken. Freilich nur, wenn du selber reich bist! Und nur, wenn du jetzt stark bist!“

Lag nicht eine zwingende Logik in ihren Worten? Mußte man nicht erst ein Unrecht begehen, um es später – wenigstens teilweise – wiedergutmachen zu können? Ja, ihn beruhigte das, ohne daß er sich recht klarmachte, warum. Und doch fragte er: „Was willst du tun?“

„Ich?“ antwortete sie. „Wir beide, Miko! Du tust genausoviel wie ich, das vergiß nicht! Nimm das tote Kind, wickle es in den Sack, und dann reiten wir zurück ins Schloß.“

„Was dann?“

„Wir verbergen das Bündel in der Orangerie. Zwischen den Kübeln der Pflanzen. Wir gehen ins Schloß, in den Saal, zu den anderen Gästen. Wir sprechen mit jedem, so oft wie möglich. Alle sollen uns im Saal gesehen haben, und wir werden mit den letzten schlafen gehen.“

Er nickte.

„Wichtig ist nur, daß auch die Kinderfrau Huber fest schläft. Sehr fest. Wir werden mit ihr sprechen. Jetzt, wenn wir heimkommen, bieten wir ihr Rotwein an und mischen mein Schlafpulver hinein...

„Ich verstehe", murmelte er.

„Gut! Davon hängt alles ab, alles! Die Kinderfrau bewohnt einen Raum vor dem Kinderzimmer. Wenn sie fest schläft, nicht aufwacht, nichts merkt, ist alles gewonnen. Hören wir sie ruhig atmen, nehme ich Caroline auf..."

„Sie wird schreien!"

„Warum sollte sie? Doch wenn es geschieht und die Kinderfrau erwacht, tue ich so, als wollte ich die Kleine beruhigen, eben weil sie weint. Ich stecke ihr den Schnuller in den Mund. Dann wird sie friedlich sein. Und wenn Frau Huber sich nicht rührt, schleichen wir über die Hintertreppe. Sofort durch die Nacht, durch den Park, in die Orangerie. Dort vertauschen wir die Kleidchen der Kinder. Du bringst Caroline in diese Hütte, zur Närrin. Legst sie in die Kiste. Legst auch den alten Sack sorgfältig an seinen Platz zurück. Niemand darf eine Unregelmäßigkeit bemerken. Du mußt zu Fuß gehen! Die Pferde müssen wir jetzt gleich zum Stall bringen. Sie müssen dort sein, die ganze Nacht. Das ist klar. Franticek muß das wissen. Ich gehe nicht mit dir und Caroline zurück. Ich bringe das tote Kind, das nun Carolines feines Leinenkleidchen mit dem Wappen und das Häubchen trägt, hinauf in die Wiege."

„Aber wird man nicht morgen erkennen, daß es ein anderes Kind ist?"

„Wie sollte man? Wer soll wohl auf diesen Gedanken kommen? Alle Babys gleichen sich in diesem Alter, wie oft werden Säuglinge verwechselt! In der Wiege wird morgen ein totes Kind liegen. Mit bleichen, wächsernen Wangen... mit blutleeren Lippen... mit geschlossenen Augen! Alle werden vor Schreck wie von Sinnen sein. Die Kinderfrau Huber vor allem! Sie ist leicht erregbar, aber nicht von scharfem Verstand. Sie wird weinen, vor Tränen nichts sehen, sich Vorwürfe machen – wer sollte wohl Verdacht schöpfen? Wer sollte gar uns etwas beweisen?"

„Es mag gehen!" murmelte er unsicher.

„Das genügt! Beeil dich! Je eher wir wieder im Schloß sind, im Saal, bei den Gästen, wo wir ja hingehören, wo man uns erwartet und nicht vermissen darf, desto besser!"

Miko hob das tote Kind widerwillig auf und wickelte es in den Sack. Sie bliesen die Kerze aus und schlossen die Tür hinter sich. Sie ritten durch die Finsternis. Miko trug das Bündel. Es wurde schwerer und schwerer in seinem Arm, schien ihm wie ein Stein, ein eiskalter Stein.

Am hinteren Parktor zügelten sie die Pferde. Alles war ruhig. Der Wind rauschte in den großen, dunklen Bäumen, deren schwarze Kronen mit dem schwarzen Nachthimmel verschmolzen. Die Wolkendecke war etwas dünner geworden, da und dort riß sie auf. Einige Sterne blitzten. Der Mond trat als schmale, geisterhaft leuchtende Sichel hervor. Ein Käuzchen schrie. Im nahen Weiher quarrten die Frösche.

Herta warf einen Blick nach oben. „Nur keine Helligkeit heute, nur keinen Mond. Was wir brauchen, ist dichter Nebel! Bis jetzt ging alles gut." Sie sprang aus dem Sattel, reichte ihren Zügel zu Miko empor. „Gib mir das Kind jetzt!"

Er tat es nur zu gern. Sie legte es unter die Parkmauer, schob es unter einen Busch. Dann atmete sie auf. „Nun bringst du beide Pferde in den Stall!" befahl sie. „Achte darauf, daß Franticek sich mit ihnen beschäftigt, daß er sie absattelt, abreibt. Er darf auf keinen Fall in den Park kommen, während ich in der Orangerie bin." Sie vermied es, von dem toten Kind zu sprechen. Er wußte auch so, wie es gemeint war.

Er nickte. Er war froh, von hier wegzukommen. Und er war beruhigt. Herta war so sicher. Sie dachte an alles. Schnell ritt er davon. Hertas Brauner trabte reiterlos neben ihm her.

Weiterhin verlief alles so, wie es Herta geplant hatte.

Spät nach Mitternacht schlich Miko wieder durch den Park, noch später durch die hintere Pforte. Er ging zu Fuß. Er war in einen schwarzen Mantel gehüllt, zog den Hut tief ins Gesicht. Unter seinem Mantel verbarg er ein Kind, das ein einfaches Leinenhemdchen trug. Mit seinen winzigen Fingerchen spielte es an seinem Hals, an seinem Kragen, an seinen Ohren. Es maunzte leise, sabberte. Doch die Kleine war nicht beunruhigt, nicht unglücklich. Ihr gefiel es, auf dem Arm gehalten, getragen und bewegt zu werden; sie fühlte sich geborgen in seiner Körperwärme.

Caroline lebte noch im ahnungslosen Dämmerzustand.

Franticek wußte nicht, was der Mann wollte, der den Schloßpark so heimlich verließ. War es nur ein Spaziergänger, der nachts keine Ruhe fand? Er sah eine dunkle Gestalt, sah etwas in Kopfhöhe blitzen.

Und dann hörte er ein leises Geräusch. Wie eine Kinderstimme. Es war aber gleich wieder still, mußte ein Tier gewesen sein.

Franticek stand unter den Bäumen, er verbarg sich. Es kam hin und wieder vor, daß er aufstand und um das Schloß ging. Es trieb sich viel Gesindel herum, in den Nächten, in diesen Zeiten, da war es gut, wenn man wachsam war – besonders jetzt, wo das Schloß so viele Gäste beherbergte. Das war ein Anreiz für Diebe, für lichtscheue Gesellen.

Franticek trug einen dicken Stock, er hätte die Gestalt wohl angerufen, wäre ihr in den Weg getreten, hätte einen Kampf nicht gescheut. Aber das war kein Dieb, kein Räuber, es war ein vornehm gekleideter Mann, es war einer der Trauergäste.

Es war nicht Franticeks Aufgabe, den Herrschaften nachzuspionieren; vielleicht kam sogar er selbst in falschen Verdacht.

Es war wohl besser, dieser Herr wußte nicht, daß er gesehen worden war. Vielleicht hatte er eine heimliche Geliebte in der Kreisstadt – vielleicht ging er zu einem Bauernmädchen? Dann handelte sich Franticek nur Ärger und Unannehmlichkeiten ein.

Als der Herr verschwunden war, als alles still blieb im Park, suchte Franticek sein Lager auf. Er schlief rasch ein, denn er war sehr müde. Es waren anstrengende Tage gewesen, sie würden auch weiter noch anstrengend sein.

9

Am Morgen war der Kummer groß, die Aufregung vielleicht noch größer. Türen flogen, Mägde eilten durch die Gänge, der Kammerdiener schickte zu Franticek. Franticek sattelte ein Pferd, er jagte in die Stadt, zum Häuschen des Arztes, im Obstgarten.

Es dauerte lange, bis der Arzt kam, bis er sich umgekleidet hatte. Obwohl ihm Franticek währenddessen das Kutschpferd in die Deichsel spannte, dauerte es seine Zeit.

Gäste wurden wach, der Lärm und die Unruhe waren unüberhörbar. Es war ein großer Auflauf im Kinderzimmer, keiner war da, der die Herrschaften hätte zur Ruhe rufen können. Sie drängten sich, kaum angezogen, kaum frisiert, um die Wiege des Kindes, sie waren in Überröcken aus Seide und Samt; ihre Perücken saßen schief; sie waren nicht gepudert, nicht geschminkt, man vergaß die gute Form, den Anstand; man stand sich gegenseitig im Wege, hielt Stielbrillen vor die Augen, flüsterte, redete, wollte vor allen Dingen sehen, begriff aber nichts.

Man verstand nur, daß dieses Haus vom Schicksal heimgesucht wurde – nach Gottes Willen.

Die Kinderfrau stand tränenüberströmt bei der Wiege, ihre Haubenbänder flatterten, sie erklärte immer und immer wieder, daß die kleine Caroline am Morgen ganz still gelegen habe, ganz still. Und als sie sie aufnahm, habe sie gespürt, daß sie kalt gewesen sei, schon ganz kalt. Der Tod sei offenbar im Schlaf gekommen, schon vor Stunden.

Der Arzt eilte dann herbei, schwer atmend. Man machte ihm Platz, er horchte die Brust des Säuglings ab, schaute unter die Augenlider, hielt ihm eine Feder vor die Lippen.

Hier kam jede Hilfe zu spät.

Aber warum, fragte man. Er zuckte die Achseln. Kinder starben leicht im Säuglingsalter. Das war sein täglich Brot – es geschah immer wieder. Diesem hatte die eigene Mutter gefehlt. Wen konnte es da wundern.

So wunderte es bald niemanden mehr, daß die Kleine gestorben war. Das Kind war der Mutter, war dem Vater gefolgt. Darin lag wohl ein höherer Sinn.

Nicht ganz begreiflich, wenn auch sehr ergreifend, war aber der große Schmerz Herta zu Krötzingen-Waldeggs, zumal sie doch nur eine angeheiratete Cousine war – die schöne Frau war blaß wie ein Leintuch, ihre Augen schwammen in Tränen. „Ich hatte die Kleine liebgewonnen“, sagte sie, sagte es immer wieder und jedem. „Ich wollte ihr eine Mutter sein!“

Ihr Gatte nickte. Auch er war blaß wie der Tod, seine Wangen waren eingefallen, aber er sagte nichts. Er brachte kein Wort über die Lippen, er war zu erschüttert. Bald darauf verließ er den

Raum, murmelte: „Mir ist nicht wohl! Es ist zuviel ... Ich bitte um Verständnis!"

Der Kammerdiener brachte ihm nasse kalte Tücher ans Bett und legte sie ihm auf die Stirn. Er bemühte sich besonders um diesen Gast des Hauses. Er ahnte, nein, er wußte, was der Tod Carolines zu bedeuten hatte. Die Dienerschaft war vollkommen informiert über die verwandtschaftlichen Zusammenhänge. Von der Erbfolge hing die Zukunft aller ab.

„Ich wünsche sehr gute Erholung!" murmelte Eugen, verließ das Zimmer, verbeugte sich mehrmals.

In dem Wirbel, im Schrecken, in der allgemeinen Aufregung des Morgens fiel es übrigens keinem auf, daß die Närrin Elsbeth, die Amme, nicht zur gewohnten Stunde zur Stelle war, um die Kleine zu stillen. Elsbeth kam überhaupt nicht. Sie hatte wohl von dem Unglück erfahren. So etwas verbreitet sich ja wie ein Lauffeuer.

Man hatte an anderes zu denken.

Elsbeth übrigens auch. Überglücklich saß sie am Bettchen ihres Kindes, summte und sang, umarmte und küßte die Kleine. Das kleine Mädchen lachte und krähte. Bald schmatzte und trank es.

Im Schloß fügte man sich in das Unvermeidliche. Es war am besten, das arme Kind zusammen mit dem Vater der Erde zu übergeben. Wer sollte wohl sonst später dem Säugling, den keiner gekannt hatte, das letzte Geleit geben?

So aber kam das Kind zu einem schönen und würdigen Begräbnis. Der Arzt hatte keine Einwände gegen eine schnelle Beisetzung, Hochwürden schon gar nicht. Je frischer die Trauer war, um so rührender konnte er predigen.

Es ging alles sehr rasch. Der Zimmermann hatte kaum Zeit, den kleinen Sarg zu fertigen. Jeder war mit seinen eigenen

Angelegenheiten vollauf beschäftigt. Man kam nicht zum Nachdenken.

Die Leichenfrau wurde aus Krötzingen geholt. Sie wusch das tote Kindchen, das sie noch niemals zuvor gesehen hatte, sie erledigte ihre Aufgabe allein. Frau Huber erlitt einen Schwächeanfall, mußte sich niederlegen. Sie mußte nun Schloß Waldegg bald verlassen – eine bittere Wendung, hatte sie sich doch für die nächsten Jahre aller Sorgen ledig geglaubt, als Kinderfrau, ja fast schon als heimliche Herrin.

Die Leichenfrau bekleidete Caroline mit dem weißen Spitzengewand, das sie zur Taufe getragen hatte. Gottlob mußte der kleine Engel nicht als Heidin vor den Schöpfer treten, dachte die Frau.

Alexander Helmbold, vom verstorbenen Fürsten zu Carolines Vormund bestimmt, war immer noch nicht eingetroffen. Hatte ihn die Extrapost nicht erreicht? War er auf Reisen, in fernen Ländern?

Oder wollte er nicht kommen, lehnte er die Verantwortung, das schwere Amt ab, das seine Zukunftspläne womöglich verändern konnte?

Es war nun aber gleichgültig. Ob er kam oder nicht kam – es gab hier für ihn nichts mehr zu tun.

„Er soll fernbleiben!" raunte Herta ihrem Mann zu. „Und er tut auch gut daran. Diese Familie geht ihn nichts an. Er gehört nicht dazu, der Bürgerliche. Es ist mir peinlich, an ihn zu denken." Die schöne Frau lehnte am Fensterrahmen ihres Zimmers und schaute in den Park, in seinen vorderen Teil, auf die Einfahrt mit den kreisförmigen Wegen, auf das kunstvoll geschmiedete, eiserne Tor mit dem Krötzingen-Waldeggschen Wappen. Seine Flügel standen weit offen.

Nichts erinnerte sie bei diesem Anblick an das Verbrechen der vergangenen Nacht. Jetzt galt es, das Ganze zu vergessen und es vor allem auch Miko vergessen zu lassen. Dazu, das wußte Herta, würde eines Tages auch die richtige Caroline ganz verschwinden müssen. Auf die eine oder andere Weise. Aber das hatte noch Zeit.

10

Franticek arbeitete im Stall. Er mistete die Boxen aus. Er schüttete den Pferden frischen Hafer in die Futterkrippen, schöpfte Wasser aus dem Brunnen im Hof, schleppte es in Eimern, die baumelten und überschwappten. Er reinigte den Steinfußboden, putzte die Geschirre, bürstete und striegelte die Pferde. Die fremden herrschaftlichen Kutscher rührten kaum eine Hand, sie stolzierten herum, in frisch geputzten Stiefeln, in betreßten Livreen, mit spiegelnden Zylinderhüten, und gaben ihm Anweisungen. Sie spielten die Gäste, die Herren, die sich bedienen lassen konnten. Sie hielten sich ständig bereit, falls ihre Herrschaft auszufahren wünschte, da konnten sie sich doch nicht schmutzig machen.

Franticek kam kaum zum Nachdenken. Hätte es denn etwas zum Nachdenken für ihn gegeben? Er hatte wie ein Toter geschlafen, traumlos, übermüdet, und mußte am frühen Morgen schon wieder heraus. Zum Arzt, in aller Eile. Und dann noch tausend Erledigungen nebenbei. Für den Koch, für den Kammerdiener, zum Schreiner, zum Pfarrer, zum Notar. Und schließlich hatte er sogar dem Gärtner zu helfen, denn jetzt gab es noch einen zweiten Sarg zu schmücken, wenn er auch klein war.

Woher sollten sie die Blumen nehmen? In dieser Jahreszeit, da noch kaum etwas blühte und – was geblüht hatte – schon längst verarbeitet worden war zu Kränzen, Girlanden und Sträußen! Der Sarg des Fürsten stand bedeckt mit Gebinden aus Narzissen und Osterglocken in der Kirche. Die Kirche selbst, so klein sie war, schien zu blühen und zu grünen.

Aber die Bauern hatten ausgeholfen. Es gab noch einige Krokusse, Scilla und Schneeglöckchen. Schließlich schwärmten die Dorfkinder in die Wälder aus, der Lehrer Kranich führte sie, er war ein kleiner, gelehrter Mann, der auch einige Fremdsprachen beherrschte. Er führte die Kinder zu geschützten Wiesen mit Schneeglöckchen.

So wurde die Trauerfeier für den Vater und die Kleine fast ein Frühlingsfest, zumal die Kirche im Glanz Hunderter von Kerzen strahlte.

Allerdings war es ein grauer, nebelfeuchter Tag. Die Kirche war bis auf den letzten Platz besetzt. Die nächsten Angehörigen, Miko zu Krötzingen-Waldegg und seine Gemahlin Herta, saßen ganz vorn, neben ihnen und in den Stuhlreihen dahinter die anderen Verwandten. Fast der ganze Adel des Kurfürstentums Bayern war erschienen; der Kurfürst selbst ließ sich vertreten. Man sah Hofuniformen und die Uniformen der Armee.

Die Kirche hatte bei weitem nicht Raum für eine so große, erlesene Gesellschaft, viele waren erst am heutigen Morgen gekommen, sie würden nach der Beisetzung wieder fahren; ihre Kutschen standen mit wartenden Pferden, mit den Kutschern auf dem Bock und aufgestellten Peitschen, auf allen Wegen im Umkreis.

Viele mußten vor dem Kirchenportal bleiben. Die Honoratioren aus Krötzingen, der Arzt, der Apotheker, der Notar – sie alle standen draußen. Auch die Förster der riesigen Waldungen, die

Verwalter der Güter, alle Bediensteten waren gekommen.

Unter ihnen, sauber gekleidet, im braunen Rock, stand auch Franticek. Er hielt sich abseits, wie es sich für ihn gehörte als Fremden aus Böhmen. Vorn standen der Kammerdiener, der Koch und Frau Huber, die sich aufgerafft hatte und in Tränen ertrank.

Von der Trauerfeier in der Kirche hörte man draußen kaum etwas, kaum etwas von der Rede des Pfarrers, der von Gottes unerforschlichem Willen sprach, und daß alle Menschen Staub sind.

Dann sangen die Kinder unter Lehrer Kranichs Leitung. Als die Särge durchs Portal getragen wurden, schmetterten die Trompeten der kurfürstlichen Garde, alle Häupter wurden entblößt, alle Köpfe neigten sich, die Frauen sanken in die Knie, bekreuzigten sich. Die Fahnen des Regiments wurden gesenkt.

Lange läuteten die Glocken im Kirchturm, die Glocken aller nahen und fernen Gemeinden nahmen den Klang auf, stimmten ein und gaben ihn weiter, so daß der ganze große Krötzingen-Waldeggsche Besitz von Glockengeläut erfüllt war.

Unter Trauermusik, unter Glockenklang wurden die beiden Särge nebeneinander in die Erde gelegt, im Familiengrab, wo der andere Grabhügel noch frisch war, noch nicht bepflanzt, aber mit Blumen abgedeckt – der Grabhügel der Fürstin, Carolines Mutter.

Hochwürden segnete die Särge aus. Die Ministranten in ihren roten Gewändern mit den weißen Überwürfen schwenkten die Weihrauchfässer. Die Trauergäste warfen Erdkrümel oder Blumen in die Tiefe.

Miko und Herta hatten viele Hände zu drücken. Sie verharrten am Grab bis zum Schluß. Langsam bewegten sich die letzten Gäste durch Gräber und Kreuze zum Ausgang. Nach und nach rollten die Kutschen davon. Man war erleichtert, das lag hinter einem.

Franticek aber blieb noch lange. Warum blieb er so lange?

Und noch einer war da. Er versteckte sich hinter der Thujahecke, schaute und lauschte, wurde von keinem bemerkt, eine hagere Gestalt, aufmerksam. Der Mann atmete kaum.

Auch Franticek wurde halb verdeckt von einem Wacholderbusch, er hatte die Hände gefaltet, den Kopf gesenkt, er betete.

Nun glaubten sich Miko und Herta allein. Miko faßte Hertas Arm. „Komm!“ sagte er.

„Das wäre getan“, antwortete sie und verzog ein wenig den Mundwinkel.

Miko setzte seinen Zylinder auf. Ein Sonnenstrahl brach durch aufgerissene Wolken. Das Wappen an Mikos Hutband blitzte.

Franticek zuckte zusammen – dieses Blitzen! Woran erinnerte es ihn? Er trat instinktiv einen Schritt zurück, so, als ob er sich fürchtete, von Miko gesehen zu werden. In seinem Kopf kreisten die Gedanken. Nein, es waren kaum Gedanken und schon gar keine klaren Gedanken, es war vielmehr ein Wirbel von Gefühlen.

Herta und Miko wandten sich zum Gehen. Der Kies knirschte unter ihren Füßen. Sie bewegten sich zum Ausgang, durchschritten die Friedhofspforte.

Draußen bestiegen sie ihr Coupé. Der Kutscher drehte die Bremse auf. Er ließ die Zügel auf die Pferderücken klatschen, der Wagen rollte davon.

Nun war alles still auf dem Friedhof. Die Toten waren verlassen. Die Glocken schwiegen. Der Mann hinter der Thujahecke rührte sich nicht.

Jetzt hörte Franticek einige Vögel zwitschern. Er trat an die

Grube und schaute hinein. Still und verloren standen die beiden Särge dort in der Tiefe, der große neben dem kleinen, unter verstreuten Blumen und Erdkrumen. Der Anblick ergriff ihn.

Er bewegte sich nicht. War es möglich, daß die Toten eine Botschaft für ihn hatten? Einen Auftrag?

Wie oft hatte sein Herr, der Fürst, ihm eine Weisung gegeben, eine Aufgabe. Er hatte sich auf Franticek verlassen. Dankbar erinnerte er sich daran, wie der Fürst ihn, den Flüchtling, aufgenommen hatte, ohne zu fragen, ohne zu zweifeln.

War es wirklich möglich, daß er ihn noch ein letztes Mal rief? Und zwar drängender als jemals zuvor?

Ja, die beiden Särge sprachen zu Franticek. Aber er konnte sie nicht verstehen. Es war wie ein Sog, ein Hilferuf.

Dann schreckte er auf. Ein Reiter trabte vor die Friedhofspforte. Er zügelte das Pferd.

Der Reiter war rasch gekommen; jetzt schnaubte sein Grauschimmel, stampfte.

Der Mann sprang ab. Er befestigte den Zügel am Tor, trat ein, kam schnell näher. Es war ein junger Mann, eine straffe Gestalt, gekleidet für einen wilden Ritt, in Stiefeln und Mantel. Er war außer Atem, sein Gesicht war gerötet, energisch.

Franticek blieb, wo er stand. Diesen Mann hatte er schon einmal gesehen, da hatte er den Fürsten besucht, war herzlich empfangen worden. Er erinnerte sich, es konnte nur Alexander Helmbold sein. Er neigte den Kopf zur Begrüßung.

Der Herr trat ans Grab. „Ich bin zu spät gekommen", murmelte er. „Arme Fürstin, armer Onkel Sigbert. Arme kleine Caroline!" Er faltete die Hände. Sein Siegelring leuchtete dunkelrot, er bewegte seine Lippen stumm. Was er sprach, hörte nur Gott.

Dann wandte er sich nach rechts. Er musterte sein Gegenüber, kniff die Augen zusammen. „Du bist Franticek“, sagte er dann. „Der Fürst vertraute dir, er hielt viel von dir.“

Franticek dankte.

Alexander reichte ihm die Hand. „Was wirst du jetzt machen?“

Franticek hob die Schultern. „Das muß die neue Herrschaft bestimmen!“

Alexander nickte. Er dachte: Würde es nach des Fürsten Willen gehen, wärst du hier geblieben. Aber nun ... Er sprach es nicht aus, wollte den Mann nicht besorgt machen. „Ich werde nicht bleiben“, murmelte er, seinen Gedanken laut fortsetzend. „Nur zum Notar muß ich wohl, einiges regeln.“

Franticek kämpfte mit sich. „Da wäre etwas ...“, murmelte er.

„Was?“

„Ich weiß nicht, ob es wichtig ist, ob es etwas zu bedeuten hat!“

„Rede!“

„Gestern war ich im Park. Es treibt sich viel Gesindel herum ... kam auch ein Herr aus dem Schloß ... er war aber kein Dieb, war in einen Mantel gehüllt ... ging leise, wie ängstlich. Ich wußte nicht, wer er war, konnte nicht sehen alles. Nur plötzlich am Hut, da blitzte etwas auf ...“

„Nun?“

„Auch jetzt blitzte es wieder. Am Hut von Herrn Miko. Das Wappen ...“

„Nun ja. Aber was sollte Miko ... was sollte Krötzingen-Waldegg nachts im Park? Er ging fort?“

„Ja! Hinaus aufs Feld.“

„Sonderbar. Aber was hältst du davon?“

„Ich bin nicht sicher. Nur habe ich ein Kind weinen hören, glaub ich. Dachte aber, es wäre ein Tier. Und am Morgen darauf war das Kind plötzlich tot, und war kurz vorher doch noch ganz gesund. Es ist doch ein Vorteil für Herrn Miko, wenn das Kind tot..."

„Franticek! So was... so was darf man nicht denken!"

„Nein! Darf man nicht. Das stimmt. Ich wollte aber doch sagen..."

Alexander Helmbold starrte zu Boden. „Es ist gut, daß du redest", meinte er schließlich. „Und am besten ist es, daß du mit mir sprichst. Mit keinem anderen, hörst du, Franticek, mit keinem anderen! Nicht so einen Verdacht, der sich kaum beweisen ließe! Glaubst du, Miko habe die kleine Caroline aus dem Weg geräumt, sie getötet? Laß uns nachdenken, aber nur, damit du einsiehst, wie unwahrscheinlich es ist. Denn wozu brachte er dann wohl das Kind erst aus dem Schloß? Das hätte er doch schneller und viel unauffälliger in der Wiege tun können. Er hätte es dort erstickt, mit seinem Kissen."

„Ja."

„Bliebe die Möglichkeit, das Kind wurde vertauscht. Aber wo kommt dann das tote Kind her?"

„Das Kind der Amme, der Närrin", murmelte Franticek.

Alexander packte ihn am Arm. Fassungslos starrte er ihm ins Gesicht; er war bleich geworden. Dann lockerte er den Griff. „Warum sollte man ihr Kind töten und ihr die lebende Caroline unterschieben? Gerade Caroline sollte doch beseitigt werden, wie du meinst. Wäre es nicht sinnlos, dann ein ganz anderes Kind umzubringen und immer in der Furcht zu leben, es könnte einmal entdeckt werden, wer das lebende Mädchen wirklich ist?"

Franticek nickte.

Alexander ließ seinen Arm los. „Na, siehst du! Ja, es wäre widersinnig. Dann wäre der Mörder nicht nur ein Verbrecher, sondern auch ein Dummkopf." Und bei sich dachte er, sprach es aber nicht aus: Das wäre das einzige, das auf Miko schließen ließe. Dumm ist er und feige dazu. Er sagte: „Immer müßte er fürchten, daß Elsbeth, die Mutter, etwas bemerkt, merkt, daß es nicht ihr Kind ist. Sie ist zwar närrisch, aber so wirr ist sie wohl nicht."

„Nein!" gab Franticek zu. „Ihr habt recht, Herr. Aber vielleicht habe ich auch recht. Irgendwo sind Widersprüche. Irgendwo ist ein Geheimnis. Ich will es herausbringen ..."

„Wenn du es weißt, sag es mir!"

Alexander wandte sich um. Franticek begleitete ihn zum Tor. Jemand blickte ihnen durch die Thujahecke nach. Die hagere Gestalt im abgetragenen Mantel rieb sich nachdenklich das Kinn. Dann schob sich der Fremde, seltsam schlangenähnlich, so an den Grabsteinen entlang, daß ihn niemand bemerkte.

Die Totengräber kamen. Sie schaufelten die Grabstätte zu.

Dumpf polterten die Schollen auf die Särge. Schwere, lehmige Erde deckte nun alles, das unten lag, zu, auch das Geheimnis.

11

Der Notar Dr. Gailhofer hatte seine große Stunde. Und er genoß sie. Durch die hohen Fenster des blauen Salons flutete die Vormittagssonne des ersten Maitages. Die goldenen Rahmen der Ölbilder rings an den Wänden, auf den kostbaren Seidentapeten, leuchteten noch heller als gewöhnlich.

Ein Fensterflügel war geöffnet. Frische, klare Luft bewegte die weißen Vorhänge. In den Bodenvasen standen Kätzchenzweige.

Für Schloß Waldegg begann ein neues Kapitel der Geschichte. Die nächsten Verwandten des Verstorbenen waren hier versammelt. Vor dem Barocktisch mit den geschwungenen, reichverzierten Beinen standen Lehnstühle im Halbkreis.

Dort nahmen die vom Notar Geladenen Platz: Miko zu Krötzingen-Waldegg, seine Frau Herta, der Halbbruder Alexander Helmbold, der eigentlich nicht zur Verwandtschaft gehörte, aber dennoch anwesend sein sollte, auf ausdrücklichen Wunsch des Notars, sowie einige der älteren, entfernten Verwandten der weitverzweigten Familie, Herren und Damen in Gewändern mit Spitzen, in Kleidern mit Rüschen, in Uniformen, versehen mit Orden, geschmückt mit Gold und Juwelen.

Hinter den Stuhlreihen stand die Dienerschaft, soweit sie namentlich im Testament erwähnt wurde: der Kammerdiener Eugen in seiner roten Livree, Frau Huber mit den weißen Haubenbändern, noch immer mit geröteten Augen, der Koch, der Gärtner, alle Mägde, die Stallburschen, und auch Franticek.

Der Notar nahm hinter dem Schreibtisch Platz, neben ihm der Sekretär Kaltenegger. Auf der Marmorplatte waren die Akten ausgebreitet, Federkiel, Papiere, Tintenfaß und Sandstreuer.

Der Notar zog eine Dose aus der Jackentasche und schnupfte vom rundlichen Handrücken.

Zunächst verlas der Notar all die kleineren Zuwendungen an Geld, Erinnerungsgegenständen, Schmuckstücken, die der Fürst der Dienerschaft zugedacht hatte.

Miko und Herta, beide in der Mitte der ersten Stuhlreihe sitzend, lauschten auch diesen Ausführungen des Notars aufmerksam; ging doch alles, was da vergeben wurde, eigentlich ihnen verloren. Doch saßen sie unbeweglich, wie unbeteiligt, da.

Alexander Helmbold, zu Hertas Linken, blickte am Notar und dem Sekretär vorbei durch das rückwärtige Fenster hinaus in den Park. Ihm ging wohl der Tod seines alten Freundes Sigbert zu Krötzingen-Waldegg am meisten zu Herzen. Er wußte aber auch, daß er von der Familie abgelehnt wurde. Er war nur gekommen, weil ihn der Notar ausdrücklich darum ersucht hatte. Nach dieser Stunde würden sich seine Wege wohl für immer von denen der Krötzingen-Waldeggs trennen. Er gedachte, sein mütterliches Vermögen für weite Reisen zu benutzen, nicht nur innerhalb Europas, sondern auch in ferne, unbekannte Erdteile.

Er war ungeduldig; er hatte alle Vorbereitungen schon abgeschlossen und war dem Schicksal im Grunde seines Herzens dankbar dafür, daß ihm die Entscheidung zwischen der Vormundschaft und der Verfolgung der eigenen Pläne abgenommen worden war.

Notar Gailhofer verlas zunächst die Namen der Diener. Der Kammerdiener Eugen erhielt eine angemessene Summe und die goldene Uhr des Herrn; der Koch, die Mägde, alle wurden bedacht, auch Frau Huber konnte einen hübschen Betrag erwarten. So war für ihre Zukunft gesorgt. Sie wollte zu ihrer Schwester in das Dorf Schwabing vor den Toren der Residenzstadt München ziehen und dort ihren Lebensabend verbringen. Auch Franticek bekam so viel, daß er ein Stück Land erwerben konnte.

Der Anteil der ferneren Verwandten bestand teils in Erinnerungsstücken, teils in Schenkungen anderer Art, Bücher, Bilder, aber auch Grundstücke oder Häuser, auf die sie sich Anrechte erworben hatten.

Danach kam der Notar endlich zum Hauptpunkt.

12

Dr. Gailhofer stärkte sich zunächst noch einmal mit einer Prise. Seine Augen wanderten langsam über die Versammlung. Dann wurde er von einem unwiderstehlichen Niesreiz erschüttert. Er putzte sich die Nase, räusperte sich, fuhr aber sogleich fort: „Haupterbe des gesamten Vermögens, mit allen Ländereien, Guthaben, Häusern und sonstigen Besitzungen – wie sie in dieser gesonderten Liste aufgeführt sind – sowie natürlich des Schlosses Waldegg ist nunmehr der Neffe Seiner Hoheit und Sohn der ebenfalls verstorbenen Fürstlichen Hoheit, des einzigen Bruders unserer Hoheit, Heinrich zu Krötzingen-Waldegg, die hier anwesende Fürstliche Hoheit Miko zu Krötzingen-Waldegg, mir, dem Notar, persönlich bekannt."

Bewegung ging durch die Reihen. Manch einer erhob sich, beugte sich vor, um dem neuen Herrn Glück zu wünschen. Alexander Helmbold blickte nicht auf. Jedoch heftete Franticek von hinten einen scharfen Blick auf Mikos Rücken. Und der Sekretär Kaltenegger bemerkte dies.

Der Notar bat vorläufig noch um Ruhe. „Ich muß der Form halber fragen, ob einem der Anwesenden eine abweichende Bestimmung des verstorbenen Fürsten bekannt ist. Natürlich müßte sie in schriftlicher Form vorliegen."

Mikos Augen hatten sich ein wenig geweitet, und das beengende Gefühl in der Kehle war so quälend geworden, daß es ihm fast die Luft abschnürte. Herta bemerkte es. Sie berührte ihn leicht mit ihrem Ellenbogen, das beruhigte ihn.

Niemand meldete sich.

Der Notar nickte. „So stelle ich also fest, daß Seine Fürstliche Hoheit Miko zu Krötzingen-Waldegg von Gesetzes wegen Erbe ist. Ich frage Sie, Fürstliche Hoheit, ob Sie das Erbe annehmen?"

Der Druck an Mikos Hüfte verstärkte sich. Hertas Ellenbogen war spitz. Miko nahm die Füße zurück, unter den Stuhl. Sollte er nun aufstehen, oder vergab er sich damit etwas, bei seiner Würde?

Aber er mußte etwas tun, etwas sagen.

Er beugte sich leicht vor. Er blickte den Notar an, mit unsicherem Blick, brachte kein Wort heraus, nickte langsam.

Herta lockerte ihren Druck.

„Ich beglückwünsche Euer Hoheit!" rief der Notar.

Jetzt erhoben sich alle Verwandten von ihren Gobelinsesseln, um nacheinander Miko und Herta ihre Gratulation zu sagen. Miko war nun nicht mehr nur Fürstliche Hoheit, er war die Hoheit, der Fürst selbst.

Ein wenig hilflos stand er zunächst in seiner neuen Würde da, sein Dank war noch ungeschickt, er gewann aber rasch Gefallen an so viel Ehrerbietung.

Herta beherrschte die Situation dagegen sofort. Sie war hoheitsvoll, ohne Hochmut und Herablassung. Wer immer den Nacken vor ihr beugte, fühlte sich durch den Blick ihrer Augen besonders ausgezeichnet, als wolle sie ihn als Freund gewinnen. Und doch zeigte sie gerade dadurch, wer jetzt hier der wahre Herr war.

Jede der Damen, die einen Knicks andeuteten, hob sie genauso andeutungsweise zu sich empor, indem sie ihr die feine Hand unter den Ellenbogen schob.

Und so nahm sie die Verbeugungen, die tiefen Knickse der Diener und Mägde auch auf: in vollkommener Beherrschung.

Als letzter näherte sich Franticek. Sein Gesicht war verschlossen. Seine Backenmuskeln arbeiteten, als ob er die Zähne aufeinanderbiß. Und seine Augen schauten, suchten nach verräterischen Zeichen – wurden aber unsicher vor Hertas kühler Hoheit. Er stotterte einen Glückwunsch.

Kaum war er weggetreten, flüsterte Herta Miko zu: „Der Mann muß weg!"

Miko nickte.

Einer war nicht aufgestanden. Er saß noch auf seinem Lehnstuhl, sehr aufrecht, und schlug jetzt sogar die Beine übereinander. Er blieb so, fast unbeweglich, während der ganzen Glückwunschzeremonie und schaute ungerührt aus dem Fenster. Nur seine Fingerspitzen bewegten sich auf den gepolsterten Armlehnen des Sessels langsam auf und ab. Immer wieder leuchtete der rote Stein des Wappenringes auf.

Der Schreiber Kaltenegger sah das alles. Er registrierte auch mit immer gleicher Nüchternheit, daß Alexander Helmbold nur einmal aufblickte, nämlich als Franticek vor dem neuen Fürstenpaar stand.

Nach und nach leerte sich der Saal. Die Diener kehrten zu ihren Aufgaben zurück, die Herrschaften in den mit Schnitzereien nach chinesischen Motiven geschmückten Salon neben dem Treppenhaus. Hier war ein Abschiedsempfang mit Speisen und Getränken vorbereitet worden.

Auch der Notar war geladen. Aber er beeilte sich nicht. Er stand noch immer hinter dem Tisch, über den sich sein runder Bauch ein wenig emporwölbte.

Eine kleine, aber delikate Überraschung hatte er sich noch aufgehoben.

13

Als der letzte Gast durch die Tür verschwunden war, saß Alexander Helmbold noch auf dem Sessel und ließ die Finger tanzen, er machte auch keine Anstalten aufzustehen, er wandte nur seinen Kopf ein wenig zur rechten Seite, wo Herta und Miko sich ihre Hände mit feinen Spitzentüchern abwischten, um sich ein wenig zu erfrischen. Dann sagte er: „Nun hat euch ein tragischer Zufall also in die Hände gespielt, was ihr so sehr begehrt habt. Ihr mögt es einen glücklichen Zufall nennen! Aber ihr erwartet sicher nicht, daß ich euch beglückwünsche!“

Der Notar räusperte sich. „Euer Hochwohlgeboren! Ich habe noch einen letzten Willen des verstorbenen Fürsten zu erfüllen. Sie wissen ja, daß es ursprünglich sein Wunsch war, Herr Alexander Helmbold möge der Vormund seiner Tochter werden und das Erbe für sie bis zu ihrer Volljährigkeit verwalten.“

Warum erzählst du uns das noch einmal? schienen Herta und Miko mit erkennbarem Unwillen nur durch ihren Gesichtsausdruck zu fragen.

Und als habe er die stumme Frage verstanden, antwortete der Notar: „Nun . . . hm . . . es handelt sich um die Übergabe eines Briefes an Herrn Helmbold sowie des verschlossenen, in Leder gebundenen Tagebuches seiner verstorbenen Hoheit.“

„Aber das Buch könnte Geheimes enthalten, Absprachen, Pläne, sogar für das Kurfürstentum Bedeutsames, Dinge, die für den neuen Fürsten von höchster Wichtigkeit sind“, rief Herta. „Deshalb hat sie Hoheit, unser Onkel, eben einem verschlossenen Buche anvertraut! Nachdem Herr Helmbold nichts mehr mit alldem zu tun hat, wäre es nicht nur sinnlos, sondern vielleicht sogar gefährlich, wenn er in solche Geheimnisse eingeweiht würde. Das Buch steht uns zu!"

„Ich habe auch darüber nachgedacht", sagte der Notar, „kann aber doch nicht anders, als nach dem ausdrücklichen Wunsch des verstorbenen Fürsten zu handeln. Ich vermute, das versiegelte Schreiben, das an Herrn Helmbold gerichtet ist und das mein Schreiber nun übergeben wird, enthält auch Aufschluß über das Buch. Sollte es sich ausdrücklich um geheime Aufzeichnungen handeln, die das Erbe betreffen, so müßte ich gegebenenfalls die Sache höheren Ortes zur Entscheidung bringen lassen. Kaltenegger, geben Sie mir den Brief!"

14

Kaltenegger griff unter das vor ihm liegende Aktenstück und zog, sich schlängelnd bewegend, ein gefaltetes Schreiben mit rotem Siegel hervor. Er reichte es dem Notar, der es dicht vor seinen Augen wendete, betrachtete, und dann Alexander gab.

Dieser nahm das letzte sichtbare Zeichen der Zuneigung seines väterlichen Freundes mit einer Aufwallung seiner Gefühle entgegen, die ihn fast um seine Fassung brachte. Er wurde blaß.

„Erwarten Sie etwa, daß ich den Brief hier – in Ihrer Anwesenheit – lese?" fragte er den Notar, sah aber auch Herta und Miko voller Mißtrauen an.

„Ich muß leider darauf bestehen", antwortete der Notar. „Sagen Sie mir nur, ob der Brief auf das verschlossene Buch Bezug nimmt und in irgendeiner Form mit dem Erbe zu tun hat!"

„Also gut, falls es nicht ausdrücklich anders bestimmt ist", murmelte Alexander. Er trat ans Fenster. In der Ferne des Parks, hinter den Baumstämmen und Ästen, von denen einige bereits das erste feine Grün zeigten, erkannte Alexander die gelbe Orangerie, und rechts, noch weiter dahinter, konnte er die Parkmauer mit dem hinteren Tor ahnen.

Es war ein ganz vertrauter Anblick, den er von früher her kannte, und dennoch erinnerte er sich plötzlich an Franticeks Andeutungen auf dem Friedhof. Und unwillkürlich faßte er Miko noch einmal ins Auge.

In Miko stieg eine Wärme auf, am Hals, schnürte ihn ein ...

Doch Alexander wandte sich bereits wieder ab. Hier konnte ein Blick nichts offenbaren. Er brach das Siegel auf, überflog die Zeilen in der ihm so vertrauten Handschrift.

Dann ging er an den Tisch zurück. Während er dem Notar das Schriftstück reichte, sagte er kalt zu Herta: „Sie können beruhigt sein, Schwägerin ...", und es war das erste Mal, daß er diese Anredeform verwendete. „Das ganze Geheimnis ist ein privates Tagebuch Seiner Hoheit, das ich Caroline an ihrem vierzehnten Geburtstag hätte übergeben sollen."

Der Notar las den Brief, nickte und meinte: „Ja, es bestehen also nicht die geringsten Bedenken, das Buch Herrn Helmbold zu geben. Kaltenegger ..."

Der Sekretär öffnete eine dickbauchige Ledertasche und zog das Lederbuch mit der Lasche und dem goldenen Schloß heraus. Er gab es dem Notar. Der Notar wollte es Alexander weiterreichen ...

„Halt!" rief Herta und erschrak selbst über ihren Eifer. „Das Buch darf nicht übergeben werden ..."

Der Notar zog die bereits ausgestreckte Hand zurück. „Und warum nicht?" fragte er.

Kaltenegger beobachtete die Szene gespannt.

Alle schauten Herta an. Sie hatte sich rasch wieder in der Gewalt. „Das ist doch klar! Das Buch kann derjenigen, für die es bestimmt ist, nie übergeben werden, denn Caroline ist tot, so schrecklich das auch sein mag. Und wo es keinen Empfänger gibt, gibt es keinen Überbringer. Das Buch war ja nie für Herrn Helmbold bestimmt..."

„Das ist allerdings wahr", zögerte der Notar.

Herta kostete ihren Triumph aus. „Das Buch gehörte der Tochter des Fürsten. In diesem Sinne gehört es dorthin, wo sie gelebt hätte, es gehört ins Schloß! Geben Sie es meinem Gemahl, dem Fürsten Miko, wir werden es als Vermächtnis aufbewahren."

„Ich protestiere! Das ist nicht im Sinne des Verstorbenen!" Alexanders Augen funkelten, unwillkürlich fuhr seine linke Hand an seine Hüfte, wo er früher einmal seinen Degen getragen hatte.

„Ich bitte dich, nicht doch, was liegt an dem Buch", flüsterte Miko seiner Frau zu.

„Ich will ja das Buch nicht", rief Herta. „Ich will nur den Willen des Verstorbenen erfüllen. Für Caroline war es bestimmt. Nur für sie! Caroline ist tot! Wir hätten ihr das Buch ins Grab gelegt, hätten wir vorher davon gewußt. Aber wir wußten es nicht. Sollen wir es jetzt noch vergraben? Dort, wo Caroline jetzt ist, sind Förmlichkeiten nicht mehr wichtig. Das Buch ist – in würdiger Form natürlich – zu vernichten. Es soll unter den Augen des Notars verbrannt werden!"

„Schwägerin, Sie haben ein sonderbares Interesse daran, das Buch in keines Menschen Hände gelangen zu lassen", bemerkte Alexander trocken.

„Was ist daran sonderbar?" gab Herta zurück. „Bin ich hier

wirklich die einzige, die versteht, wie ein Letzter Wille zu erfüllen ist?"

Der Notar geriet in Bedrängnis. Die Leidenschaft der Fürstin war ihm peinlich. „Es ist allerdings ...", stammelte er, „es wäre zu bedenken ..." Und er ließ den geöffneten Brief, den er immer noch in der Hand hielt, auf die Tischplatte sinken, wo ihn Kalteneggers flinke Augen blitzschnell überflogen. Und genauso blitzartig heftete er seinen spitzen Zeigefinger in die Mitte des Schreibens.

„Verzeihung ...", stammelte er, aber sein Stottern war eine listige Verstellung. „Wie Sie soeben schon bemerkt haben, Herr Notar: Die Lösung liegt doch im Brief selbst!"

„So, habe ich das schon bemerkt?" brummte der Notar verwundert und überflog das Schreiben nochmals verständnislos.

Gleichzeitig las Kaltenegger laut: „Ich bitte Dich, ihr mein Tagebuch auszuhändigen, jedoch erst an ihrem vierzehnten Geburtstag."

„Vierzehnten Geburtstag! Vierzehnten Geburtstag ...?" wiederholte der Notar.

„Bis dahin ist das Buch zu verwahren", fuhr Kaltenegger fort, indem er sich noch weiter aus seiner Reserve herauswagte. Und mit dem Blick, den ihm Herta zuwarf, hätte sie ihn getötet, wenn dies möglich gewesen wäre.

„Bis dahin hat Herr Helmbold das Buch zu verwahren ...", endete nun Kaltenegger, da er doch keine Rücksicht mehr zu nehmen brauchte und in der Hoffnung, sich Alexander um so nachdrücklicher zu empfehlen – selbst wenn er damit aufs falsche Pferd gesetzt haben sollte. „... hat das Buch Herr Helmbold zu verwahren. Allerdings, da er es in vierzehn Jahren der dafür Bestimmten wohl kaum übergeben können dürfte ...", – wie geschraubt er sich ausdrückte, bei dieser

Gratwanderung zwischen Sturz und unklarer Zukunftshoffnung –, „muß dann befunden werden, was mit dem Buche geschehen soll. Es wäre völlig unzulässig, vorher etwas Unwiderrufliches zu tun ..." Er schwieg, aber so, als wolle er noch etwas sagen – etwas fortsetzen.

„... denn es sind schon Tote wiederauferstanden! Meinten Sie das, Herr Sekretär?" fragte ihn Alexander verblüfft, aber mit scharfer Stimme.

15

Kaltenegger verließ der Mut. Er sank hilflos in sich zusammen. Jetzt stammelte er: „Das wollte ich keineswegs sagen, mein Herr. Es ist nur ... der Buchstabe ... der Letzte Wille ... wortgetreu ..."

„Machen wir der Sache ein Ende!" entschied Alexander. „Sie, Herr Notar, mögen das Buch in Verwahrung nehmen, bis zum vierzehnten Geburtstag der kleinen Caroline. Bis dahin werden sich manche Gemüter beruhigt, manche Wogen der Erregung geglättet haben. Dann kann mit kühlerem Verstand entschieden werden. Ich übernehme also das Buch und übergebe es Ihnen zu treuen Händen! Sie sind mir persönlich dafür verantwortlich! Guten Tag!"

Alexander Helmbold wandte sich zum Gehen. Das Tagebuch des Fürsten Sigbert zu Krötzingen-Waldegg lag auf der Marmorplatte. Der Notar umklammerte es mit seinen weich gepolsterten Händen. Jetzt hatte er das Gefühl, das Tagebuch brenne wie Feuer.

Alexander Helmbold durchquerte den Raum mit festen

Schritten. Miko stand mit gesenktem Kopf, er atmete heftig, das Blut klopfte in seinen Schläfen. In Herta stiegen Wut und Haß auf. Sie konnte Alexander nicht so ziehen lassen, mußte ihm noch ein böses Wort, eine Kränkung zurufen. „Gehen Sie, wohin Sie wollen!" rief sie. Ihre Stimme überschlug sich. „Mögen sich unsere Wege nie mehr begegnen!"

Alexander wandte sich an der Tür um. Er kreuzte die Arme vor der Brust und musterte seinen Halbbruder und seine Schwägerin kurz – doch Miko empfand diesen Blick als quälend lang. Es lag tiefe Verachtung in dieser wortlosen Betrachtung.

„Armer Bruder!" sagte er endlich.

„Warum denn?" stieß Miko hervor.

„Du fühlst dich jetzt reich. Der Reichste Bayerns! Doch du wirst nicht glücklich werden, wie du niemals glücklich warst, weil du selber nichts bist, sondern nur ein Spielball in der Hand einer Frau."

Das war wieder eine große Gelegenheit für Kaltenegger, sehr hellhörig zu werden.

Miko antwortete nicht. Aber Hertas Nasenflügel bebten. Sie war eine Flamme der Wut. Hätte sie einen Hund hiergehabt, sie hätte ihn auf Alexander gehetzt.

„Armer Miko!" fuhr Alexander fort. „Ich sage es noch mal! Dir wird das große Vermögen keinen Segen bringen. Zu sehr gleichst du deinem Vater. So wie er sein Erbteil verschleudert hat, so wirst auch du hier bald alles herunterwirtschaften. Meine Mutter war es, die ihn mit ihrem Vermögen vor der Schande und vor der selbstgewählten Kugel rettete. Auch ihr Geld hätte er durchgebracht, hätten die testamentarischen Verfügungen meines Vaters nicht das Schlimmste verhindert. Daß ich dadurch, wenn auch nicht reich, so doch wohlhabend wurde, hast du mir nie verziehen. Ich hätte jederzeit mit dir geteilt, wenn du nur etwas

Vernünftiges damit angefangen hättest. Doch du hättest alles verspielt, wie er. Und so wirst du es auch mit dem Krötzingen-Waldeggschen Besitz machen!"

„Vergessen Sie *mich* nicht!" schleuderte ihm Herta ins Gesicht.

Alexander verzog den Mund spöttisch. „In diesem einen Punkt, liebe Schwägerin, traue ich Ihnen sogar das Gute zu. Sie mögen den Besitz zusammenhalten, vielleicht sogar vermehren. Ich wünsche es. Vielleicht findet er wieder einmal einen würdigeren Besitzer, dann wäre das Ihnen zu danken!"

Niemand weiß, bis zu welchem Punkt diese haßerfüllte Auseinandersetzung noch geführt worden wäre, hätte sich nicht jetzt die Tür geöffnet, wäre jetzt nicht der Kammerdiener in seiner roten Livree auf die Schwelle getreten. „Mit allergütigster Erlaubnis", rief er, sich mit vorgestelltem Fuß verbeugend, „die Gäste haben sich im Empfangssalon versammelt."

„Es ist gut, Eugen!" antwortete Herta, da Miko schwieg. „Es ist gut. Wir kommen! Herr Helmbold will uns soeben verlassen. Geleiten Sie ihn zur Tür!"

„Oh, ich finde noch gut allein hinaus, Schwägerin", sagte Alexander. „Und ich finde wohl ganz gut in vierzehn Jahren auch wieder hierher zurück!" Er schritt an Eugen vorbei über die Schwelle.

Vor dem Portal, unter der Vortreppe, wartete Franticek mit dem gesattelten Grauschimmel. Das rassige Tier war unruhig, es trat nervös auf der Stelle. Franticek klopfte ihm beruhigend den Hals.

Alexander sprang in den Sattel. Das Pferd tänzelte. Alexander wollte davon, zügelte das Tier aber noch einmal. Er beugte sich vor und reichte Franticek die Hand. „Was wirst du nun tun, Franticek?"

„Ich weiß nicht, Herr. Muß sehen. Ich werde wohl kaum hier

bleiben. Gefällt mir nicht, vieles!"

„Mit dem ererbten Geld kannst du wohl etwas anfangen."

„Das ist gut. Ich bin froh darüber! Würde gern weggehen, woandershin. Aber ich weiß nicht, vielleicht habe ich noch eine Aufgabe hier... Wenn ich fragen darf und Herr Alexander es mir nicht übelnehmen, möchte ich gern wissen, wohin die Reise geht? Wo kann ich Euch finden, wenn es nötig sein wird?"

Alexander überlegte. „Ich würde es dir gern sagen. Ich weiß es aber selbst nicht. Ich will hinaus in die Welt. Große Veränderungen wird es geben. Da ist ein französischer General, Napoleon Bonaparte, der schlägt nicht nur die Armeen der Fürsten, der bringt auch neue Ideen. Möglich ist auch, daß ich nach England reise. In die neue Welt möchte ich, über den großen Ozean. Dort ist Amerika, ein freies Land, ein weites Land. Und das ist noch nicht alles. Naturforschungen möchte ich betreiben, in den Meeren der Südsee, in den Dschungeln Südamerikas. In Afrika auch, wer kann es wissen. Ich will dir sagen, Franticek, ich überlege mir, dich mitzunehmen. Als meinen Burschen. Würdest du das wollen?

„Danke, Herr! Ich wäre gern mitgegangen!" murmelte Franticek. „Aber jetzt... glaube ich, daß ich hier bleiben muß. Ich bin hier nicht zufrieden mit manchem. Es ist viel Unrecht in der Welt, Herr, das darf nicht sein."

Alexander nickte. Er lächelte. „Begib dich nicht in Gefahr. Und vergiß nicht, ich stehe immer auf der Seite des Rechts. Man muß das Recht aber auch beweisen können, Franticek, Vermutungen oder Verdächtigungen reichen nicht aus. Die schaffen leicht nur neues Unrecht. Davor müssen wir uns hüten." Er überlegte. Dann sagte er: „Du hast mich gefragt, wo ich zu finden sein werde. Du weißt, daß meinem Vater das Bankhaus Helmbold gehörte, in München. Jetzt ist es verkauft. Doch verwaltet man dort noch mein Geld. Frage dort nach mir. Auch habe ich eine Tante in München, Franziska Mitterwieser, eine freundliche ältere Dame. Man wird dir zeigen, wo du sie findest."

„Danke, Herr, danke! Ich werde fragen. Doch es wird nicht für mich sein!"

Alexander faßte die Zügel fester. Die letzten Worte des Mannes griffen ihm ans Herz. Mit einem raschen Entschluß streifte er den Wappenring von seiner linken Hand und reichte ihn Franticek. „Nimm!" sagte er. „Ich brauche ihn jetzt nicht. Dir aber ist er vielleicht nützlich, und sei es nur als Beweis, daß du mir jederzeit willkommen bist!"

Er gab Franticek den Ring. Dann gab er seinem Pferd die Sporen, und der edle Grauschimmel stob davon. Alexanders Mantel wehte. Dann war er verschwunden.

16

Die Jahre vergingen. Im Frühling kamen die Stare. Bald stelzten die Störche über die Sumpfwiesen. Die Bauern befestigten Wagenräder auf unbenutzten Schornsteinen. Da bauten die Vögel ihre Nester und klapperten den Sommer über. Im Herbst segelten die Schwalben tief über die Felder, ehe sie in Schwärmen in den Süden aufbrachen. Die Dunkelheit kam dann früh. Der Schnee fiel und deckte alles zu.

Die Welt blieb nicht stehen. Bayern bekam einen neuen Kurfürsten. Sein Minister Montgelas baute sich in München ein prächtiges Palais. Er richtete die bayerische Politik nach den französischen Wünschen aus. So wurde aus dem Kurfürsten ein bayerischer König: Maximilian I., von Kaiser Napoleons Gnaden. Denn Frankreich, das hieß jetzt: Napoleon. Sein Schatten lag über Europa. Der siegreiche General, der die gekrönten Häupter zittern machte, hatte sich selbst zum Kaiser erhoben.

Auf Schloß Waldegg genoß das junge Paar seinen Reichtum. Miko war älter geworden. Noch immer litt er unter Erregungszuständen, die ihm die Kehle zuschnürten. Herta regierte in Wahrheit. Der Ehrgeiz, die Macht und das Geld hatten ihre Züge zwar schärfer gemacht, aber trotzdem war sie eine der schönsten Frauen des Königreichs geblieben.

Sie hatten keine Kinder. Frau Huber war schon lange nach Schwabing gezogen, zu ihrer Schwester.

Auf dem Schloß folgte ein glanzvolles Fest auf das andere. Man konnte es sich leisten, denn Alexander Helmbold hatte bislang nicht recht gehabt: Der Besitz war nicht heruntergekommen. Herta zu Krötzingen-Waldegg hielt alles mit eiserner Hand zusammen.

Die Dienerschaft war geblieben. Es erschien sinnvoll, die Leute zu behalten, die sich auskannten, die eingearbeitet waren. So glückte der Übergang des Besitzes in neue Hände.

Nur einer hatte seinen Abschied genommen – Franticek Pavel. Das erschien manchem seltsam. Die Herrin hatte ihn zuerst sichtbar bevorzugt, ihn für sich einzunehmen versucht, später hatte sie ihn fortgewünscht. Wollte ihn sogar versetzen auf ein weit entferntes Gut, das entfernteste aller Güter der Krötzingen-Waldegg.

An seiner Stelle hatte die Herrschaft einen anderen Burschen eingestellt, einen gebürtigen Miesbacher, der weit in der Welt herumgekommen war. Eine Zeitlang hatte er im Badischen gelebt und hatte sich dort beim fahrenden Volk herumgeschlagen, bei den Schauspielern.

Es war ein grober Kerl, der Sepp Gloner hieß, den man bald nur Glonersepp rief. Er ging roh mit den Pferden um, weshalb es zunächst manchmal Streit mit Franticek gab, ja, einmal sogar fast eine Prügelei, solange der Franticek noch auf dem Hof war und den Glonersepp einarbeitete.

Franticek verließ bald das Schloß, blieb jedoch in Waldeggsdorf. Ja, er war sogar aus dem Dienst ausgetreten, um hier bleiben zu können. Vom Kienmooser Bauern, der war alt und kinderlos, kaufte er ein Stück Land, das bewirtschaftete er. Er bewohnte zuerst das Austragshäusl des Kienmooserhofes – allerdings nicht lange.

Der Kienmooser-Acker, den der Franticek bald „mein Stück Erde" nannte, hatte längere Zeit brachgelegen. Er war ausgeruht und fruchtbar. Vor Franticek hatte ihn ein anderer in Pacht gehabt, der Hans Schneewind nämlich, Elsbeths Mann, der auf so schreckliche Weise zu Tode gekommen war. So kam Franticek also in die Nähe der Närrin. Man lachte darüber im Dorf und meinte, ihretwegen habe er sich wohl den Acker ausgesucht.

Das war nicht falsch. Die Elsbeth, obwohl nicht immer klar bei Verstand, war doch eine schöne Frau und bei aller Einfalt herzensgut. Das – so meinten jedenfalls die älteren Bauern, die unter ihrem Ehekreuz litten – war allemal besser als ein klarer Kopf, der mit Bosheit gepaart war.

Franticek wanderte oft hinüber von seinem Feld in ihre Hütte, ins Birkenmoor. Da verbrachte er lange Abende, spielte auch mit dem Kind, mit der kleinen Caroline, die zu einem hübschen Mädchen heranwuchs, fröhlich und gesund.

Franticek half Elsbeth, wo er nur konnte. Das fand er ganz in Ordnung, denn schließlich war es ja eigentlich ihr Acker, den er bewirtschaftete, das Stück Land, von dem sie früher gelebt hatte.

Und nicht lange, nachdem Franticek das Schloß verlassen

hatte, nicht einmal zwei Jahre, läuteten die Glocken der Dorfkirche. Sie läuteten fröhlich, denn Franticek heiratete Elsbeth. Seit damals lernte Elsbeth wieder das Lachen.

Im Dorf war es allen recht. Der Franticek hatte sich als tüchtig erwiesen, mochte er nun ein Hiesiger werden.

Herta zu Krötzingen-Waldegg aber vernahm dieses Glockenläuten wie eine Drohung. Dabei konnte sie kaum sagen, warum. War es nur, weil Franticek ihr die Steigbügel gehalten hatte an jenem Abend? Weil er von ihrem Ausritt wußte, an jenem stürmischen Abend?

Miko litt unter Beklemmungen.

Franticek warf die kleine Caroline nach der Hochzeit in die Luft und fing sie wieder auf. Er war stark. „Ich bin jetzt dein Papa!" rief er. Und „Papa!" rief Caroline. Sie lachte. So war es gut für das Kind. Elsbeth flocht ihr zur Feier des Tages einen Kranz aus Margeriten, der hübsch auf dem Köpfchen mit den goldbraunen Locken saß.

Aber das war nun schon lange her. Ein vierter kam zu den dreien, doch kein eigener Sohn. Franticek las ihn auf, gewissermaßen, und Elsbeth kümmerte sich um ihn.

Er hieß Paul. Ein Junge, der drei Jahre älter als Caroline war, ein älterer Bruder also.

Paul war das Kind einer Magd und eines Knechtes aus dem Nachbardorf. Die Eltern hatte kurz nacheinander der Tod geholt. Es war eine böse Krankheit gewesen; sie kam rasch und raffte die Menschen dahin.

Paul war also Waise, aber nicht lange. Franticek tat, was er tun wollte, gleich. Paul wanderte auf kleinen Beinen ins Birkenmoor. Bald wurde die Hütte zu klein; Franticek baute sie aus, er baute eine Kammer an.

Franticek sorgte auch dafür, daß die Kinder etwas lernten. Er brachte sie selbst zur Dorfschule, zu Lehrer Kranich. Diese Schule hatte noch der verstorbene Fürst gestiftet und den Lehrer selbst ausgesucht, begeistert von den Schriften des Schweizers Pestalozzi. Kranich war in seiner Jugend in verschiedenen Ländern gewesen, er sprach mehrere Sprachen, ebenso wie Franticek übrigens.

Die beiden waren sich rasch einig, daß auch Caroline und Paul fremde Sprachen lernen sollten, allen voran Französisch natürlich, das war jetzt die Sprache der Welt. Aber auch andere, wenigstens die wichtigsten. Eigentlich hatte Franticek dabei nur an Caroline gedacht. Aber dann hätte sich Paul zurückgesetzt gefühlt.

Ungewöhnlich war es schon für eine Häuslertochter, so viel zu lernen. Franticek hatte aber gemeint, Caroline sei kein gewöhnliches Kind.

Was wollte er wohl damit sagen?

Nun, nur, daß sie ungewöhnlich begabt sei, außergewöhnlich klug. Und das war sie wirklich. Sie lernte schnell und wußte bald viel. Es war verblüffend.

Paul war in allem ein wenig langsamer.

Daheim sprach dann Franticek selbst oft mit den Kindern – Französisch, ein wenig Englisch, Italienisch und einige Brocken Spanisch. Er tat es nur, um in Übung zu bleiben, wie er sagte, wenn andere zuhörten.

Aus dem gleichen Grund unterrichtete er die beiden später auch im Gebrauch der Waffen. Sie lernten mit Pistolen schießen und auch etwas Fechten. In diesem Sport war Paul Caroline endlich überlegen, er war ja auch älter und kräftiger. Sie konnte sowieso erst beginnen, mit einem leichten Degen umzugehen, als sie zehn Jahre alt wurde.

Die Familie war glücklich, es war alles gut.

Das Glück erhellte Elsbeths Gemüt. Man konnte sie bald kaum noch die *Närrin* nennen. Nur einige Ereignisse ihres Lebens lagen für sie nach wie vor wie unter einer Nebelschicht verborgen.

Die Mutter Maria liebte sie. Doch betete sie selten in der Dorfkirche zu ihr. Sie ging in die kleine Kapelle unter den drei Pappeln, auf dem Hügel, dicht beim Wegkreuz. Und einmal im Jahr verbrachte sie dort eine ganze Nacht. Jedes Jahr um die gleiche Zeit, wenn der April in den Mai übergeht.

Als Caroline schon laufen konnte, nahm die Mutter sie mit zu der Kapelle, nicht oft, aber manchmal. Franticek sah sie wohl gehen, die beiden. Seine Frau und sein Kind! Die weiten Röcke der Mutter wehten im Wind, sie hielt das kleine Mädchen an der Hand.

Die kleinen Füße sprangen über Löcher im Weg und über Steine. Oft hüpfte Caroline, dann sang sie und lockte die Vögel, die auf den Wiesen saßen.

Auch Nebelkrähen saßen oft auf den Wiesen, waren überall schwarz wie Unheilsvögel.

Franticek also sah sie gehen. Dann zogen Schatten über seine Seele. Es wäre ihm lieber gewesen, sie wären nicht gegangen. Er hätte lieber vergessen, denn er war nun zufrieden mit seinem Leben, mit seiner Familie.

Stoben die Nebelkrähen auf, war das Glück bedroht.

Manchmal, wenn die Mutter und Caroline so aus dem Haus waren, kehrte Franticek dorthin zurück. In einer Kiste, unter seinen Kleidern, tief verborgen, verwahrte er etwas. Es war ein Siegelring mit einem dunkelroten Stein.

17

Herta zu Krötzingen-Waldegg war niemals ruhig. Sie beobachtete die Familie im Birkenmoor mit wachsender Sorge. Wie gesund dieses Kind heranwuchs ... Wie hübsch es wurde ... Und als sie von den Sprachstudien Carolines erfuhr, wurde sie blaß. Sekundenlang zitterten ihr sogar die Hände. Was steckt dahinter? grübelte sie. Waren das nur Launen eines Fremden aus Böhmen? Oder verfolgte der Bursche, von dem niemand etwas Genaues wußte, damit eine bestimmte Absicht? Wozu sollte ein kleines Bauernmädchen fremde Sprachen lernen?

Das Kind mußte verschwinden. Bald! Herta wußte nur noch nicht, wie. Sie sah Caroline nie, denn sie ritt nicht ins Moor. Auch Miko mied nun das Moor. Einen weiten Bogen machte er darum. Miko hätte das Moor am liebsten vom Erdboden vertilgt, alles, die Hütte und ihre Bewohner.

Aber Herta ließ sich alles berichten. Dazu war keiner besser geeignet als der Glonersepp. Er war ehrgeizig und verschlagen, er wollte etwas erreichen, war machthungrig. Der Glonersepp machte sich den Herrschaften unentbehrlich. Herta erkannte seine Gier nach Geld und Ansehen und wußte sie zu nutzen.

Der Glonersepp ging oft ins Moor hinaus; er kam am Abend oder auch am Sonntag. Er war jetzt freundlich zu Franticek, schlug Zaunpfähle ein, hackte Feuerholz. Er half der Familie.

Manchmal brachte er den Kindern etwas Süßes mit, nicht viel, nur so nebenbei: dem Paul, der sehr gewachsen war und mit ausgefransten Hosen die Gänse hütete, und der kleinen Caroline. Er war nett zu den Kindern, kniff manchmal die Augen zusammen und beobachtete. Sein Gesicht sah man niemals richtig unter dem dichten wilden Bart.

Auch Elsbeth ging er zur Hand, oder er saß einfach vorm Haus und erzählte. Da sprach er nicht allzugut von den Herrschaften, auch nicht gerade schlecht. Aber ein Freund des Fürsten schien er nicht zu sein, dachte Franticek.

„In Frankreich", sagte er, „da haben sie den Aristokraten die Köpfe abgeschlagen. Ich will ja nicht sagen, daß ich das richtig finde, trotzdem – Freiheit, Gleichheit, Brüderlichkeit, das ist gut. Aber jetzt haben die Franzosen doch wieder einen Kaiser und wir einen König. Und ich hab gehört, es gibt bald wieder Krieg. Hast du es auch gehört, Franticek?"

„Gehört hab ich's wohl", erwiderte Franticek. „Aber ich mag's nicht hören!"

Manchmal lud der Glonersepp den Franticek auch ins Wirtshaus ein. Dem Franticek tat's eigentlich um das Geld leid. Aber der Glonersepp gab gern einen aus; ihm saßen die Groschen locker, und ungesellig sein wollte der Franticek auch nicht. Vielleicht erfuhr er ja auch etwas aus dem Schloß ...

18

Einmal, ein Sonnabend war's, und ein Nachmittag im April, da ließ sich der Franticek überreden, mitzugehen, weil der Glonersepp gar so sehr drängte.

Der Franticek hatte vergessen, was für ein Abend es war. Aber schon im Wirtshaus fiel ihm der Tag wieder ein, und da ließ er sich nicht mehr halten. Den anderen war seine Anwesenheit schon nicht mehr so wichtig, sie hatten bereits gewaltig einen in der Krone. Franticek nicht, aber ganz nüchtern war er auch nicht mehr.

Als der Franticek draußen war, vor dem Gasthof, da spürte er – das ist die Nacht! Der Wind in den Bäumen – sie rauschten wie damals. Die Frische der Luft, die Frühlingsahnung. Die Mondsichel am dunklen Himmel, über den die Wolken dahinfuhren...

Franticek beschleunigte seine Schritte. Er hatte böse Ahnungen. Die Felder breiteten sich feucht und finster zu seiten des Weges aus, fern stand der Wald, wie eine schwarze Mauer, ein Käuzchen schrie mit düsterem Klageruf. Franticek ging den Hügel hinauf. Drei tiefschwarze Türme waren die hohen Pappeln, dann fuhr der Wind hinein, und sie suchten mit tanzenden Zweigen nach Halt...

An der Kapelle blieb Franticek stehen.

Sein Herz klopfte. Die graue, verwitterte Tür war nur angelehnt, sie bewegte sich in den Angeln.

Franticek trat näher. Langsam drückte er die Hand gegen die Pforte. Im Inneren brannte eine Kerze. Eine Frau kniete vor dem Altar. Es war Elsbeth. Sie hatte den Kopf gesenkt, den Kopf verhüllt mit einem graublauen Tuch, das ihr weit über den Rücken fiel.

Sie hatte die Hände gefaltet und die Stirn daraufgelegt. So blieb sie lange, in stummer Andacht.

Elsbeth, dachte Franticek. Und er dachte: Die Kinder sind allein zu Hause! Wäre ich nur nicht weggegangen, gerade heute... Gewiß, Paul war ein kräftiger Junge, kein Kind mehr, er war schon dreizehn Jahre, half auf dem Feld. Und er führte geschickt die Klinge.

Aber er war doch noch ein Kind.

Franticek wollte hineingehen. Da hob Elsbeth den Kopf. Der

Kerze matter Schein erhellte die Holzfigur der Mutter Maria. Franticek stand ganz still. Elsbeth hörte ihn nicht. Sie war ganz versunken, und jetzt begann sie zu reden – Franticek hörte zu, wie gebannt.

„Heilige Jungfrau, Mutter Maria", betete Elsbeth, „du, die du gekommen bist in deinem Strahlenkranz zu einer armen Magd . . ."

Was redet sie da, dachte Franticek, die du gekommen bist . . . Wer ist gekommen, und zu wem?

„. . . die du gekommen bist, mit dem goldenen Schimmer ums Haupt in meine arme Hütte. Dank sei dir, o Jungfrau Maria! Tot lag mein Kind und kalt. Es sah mich nicht mehr an und wollte nicht mehr lachen. Begraben hätte ich's müssen und wäre selber gestorben danach. Doch du hast dich drübergebeugt und über mich, hast mich hierher gehen geheißen und beten, die ganze Nacht . . ."

Das Blut brauste Franticek in den Ohren. So war es also, so! Jetzt sah er es deutlich, jetzt erkannte er, wie es gewesen war! Jetzt war der Schleier zerrissen, das Geheimnis gelüftet. Und seine Elsbeth hielt eine Verbrecherin für die Mutter Gottes.

„Elsbeth, nein! Elsbeth!" rief er, sprang vor, kniete neben ihr vor dem Altar nieder. „Sie war es nicht, Elsbeth, nicht die Mutter Maria . . ."

„Die heilige Jungfrau!" stammelte Elsbeth.

„Ach nein, nein!" rief er, und er schluchzte. „Dein Kind war tot, und lag im Bettchen, und du weintest allein in der Kammer? Und eine Frau kam zu dir mit goldenen Haaren, eine schöne Frau?"

„Die heilige Jungfrau!"

„Und sie sagte dir, du solltest ihr vertrauen, nur fest vertrauen und in die Kapelle gehen, hierher – und beten, die ganze Nacht?"

„Ja, ja ...", antwortete Elsbeth leise.

„Sag mir noch eins", fuhr Franticek fort. „War die Frau allein? Oder war ein Mann bei ihr, ein dunkel gekleideter Mann?"

Elsbeth starrte ihn an. Sekundenlang. Das Kerzenlicht fiel flackernd über ihr blasses Gesicht. Ganz groß wurden ihre Augen. Ihr Blick ging zurück, weit zurück, viele Jahre. „Eine dunkle Gestalt", flüsterte sie endlich.

Da preßte er sie an sich. „Du mußt hören, Elsbeth, und stark sein. Caroline ist nicht dein Kind! Dein Kind ist tot! Es wurde vertauscht, als du fort warst und betetest, hier in der Kapelle, die ganze Nacht. Der jetzt der Herr ist im Schloß, der ist es gewesen, im schwarzen Mantel, und die Frau mit den blonden Haaren. Sie ist der Teufel. Und das Kind haben sie betrogen um alles, um Erbteil und Namen."

Franticek hatte immer schneller gesprochen, alles sollte heraus, auf einmal, als habe er Angst aufzuhören.

Sie hörte ganz ruhig zu, mit fast unheimlicher Ruhe. Sie machte sich frei von ihm, sanft zwar, aber energisch. Es war überhaupt etwas an ihr, etwas Zwingendes, dem er sich unterordnete in seiner Sorge um sie – und auch in seiner plötzlichen Reue. Ob er nicht doch hätte schweigen müssen, um ihretwillen?

„Es ist gut", flüsterte sie und war nun ganz klar. „Es ist gut. Du mußtest es mir sagen. Das Kind hat ein Recht auf alles! Und ich hab kein Recht und kein Kind. Geh jetzt – ich bleibe noch."

„Elsbeth, was hast du vor? Versündige dich nicht!" bat er angstvoll.

„Jahr um Jahr hab ich gedankt, um nichts", antwortete sie. „Da hat sich ein großes Guthaben angesammelt, im Himmel, zu meinen Gunsten. Schau nach den Kindern! Sie sind jetzt allein. Und sie brauchen dich, wie ich dich gebraucht habe, all die

Jahre! Kümmere dich um sie!“ Sie küßte ihn auf die Stirn. „Geh zu den Kindern. Jetzt hab ich Angst um sie. Vielleicht will man sie nicht mehr leben lassen, die Caroline, bevor alles herauskommt – allein darf sie nicht bleiben!“

Er wußte, daß sie recht hatte. Von Anfang an hatte er so empfunden. Gar nicht wohl war ihm bei dem Gedanken, daß die Kinder allein waren. Konnte es nicht sein, daß man ihn nur weggelockt hatte, in dieser Nacht, weil man es wußte, weil irgend jemand wußte, daß Elsbeth zur Kapelle ging?

Er nickte. „Komm mit!“ flüsterte er.

„Geh rasch!“ rief sie und schob ihn fort. „Geh rasch! Ich muß noch bleiben, ich muß!“

Und endlich ging er, hin und her gerissen zwischen der Angst um sie und der Angst um Caroline und Paul. Er rannte über die Felder. Keuchend kam er daheim an, stieß die Tür zur Hütte auf und zündete mit zitternden Händen einen Kienspan an.

Friedlich lag Caroline in ihrem Bett, die kindlichen Wangen vom Schlaf gerötet, die goldbraunen Haare fielen aufgelöst aufs Kissen und glänzten im Licht der Flamme.

Franticek atmete tief ein, erleichtert. Da schlug das Kind die Augen auf und blickte ihn traumbefangen an. Sie flüsterte: „Papa, was ist?“

„Es ist nichts, es ist nichts, es ist alles gut“, antwortete er.

Sie lächelte, schloß die Augen, drehte sich zur Seite und schlief weiter.

Käme nur Elsbeth endlich, wenn nur Elsbeth jetzt hier wäre! dachte er.

Er trat vor die Tür, wollte ihr entgegen ...

In der Richtung der Kapelle, über dem Moor, stieg ein roter Schein auf, der zuerst wie Morgenröte war, dann rasch zu einem grellen Feuerschein wurde, der die Nacht erhellte.

Franticek rannte.

Im Dorf gellte die Glocke.

Er kam zu spät.

Die Kapelle stand in hellen Flammen.

Am nächsten Tag erst fand man Elsbeth, vor dem Altar, unter verkohlten Balken.

19

Die Kinder weinten. „Warum?" fragten sie immer wieder.

Franticek hatte keine Antwort. Er selbst war wie von Sinnen vor Kummer, gab sich die Schuld, konnte mit niemandem reden.

Der Glonersepp kam und bot seine Hilfe an. „Brauchst du Geld? Was willst du machen? Nein, so ein Unglück! Die Kinder jetzt ohne Mutter! Für den Paul ist's vielleicht nicht so schlimm, er ist fast schon erwachsen. Und dann war er ja nicht ihr Kind. Da ist es was anderes. Aber die Caroline, das hübsche Mädchen, so ein zartes Kind! Für sie ist es bitter!"

Der Glonersepp erwies sich als guter Freund. Sogar mehrere Flaschen Wein brachte er mit, die hatte er aus dem Schloßkeller, und der Wein kam aus Frankreich, ein schwerer, roter Wein, wie ihn die vornehmen Leute tranken.

Es war eine sehr milde Nacht im Mai, ein Frühlingsahnen. Da saßen die Männer auf der Bank vor dem Haus, in Mäntel gehüllt, denn es war ja noch nicht Sommer, aber angenehm in der frischen Luft.

Sie tranken den Wein aus den Flaschen, Gläser hatten sie nicht.

Da redete Franticek. Er klagte sich an. Und er sagte, wie es war, in der Nacht, als es geschah, in der Kapelle, und viel früher, damals im Park, bei der Orangerie, und später am Tor. Alles erzählte er. Weder verschwieg er die helle Mondsichel noch das Aufblitzen des Wappens am Hut. Er erzählte von der blonden Frau in der Hütte bei Elsbeth . . ., alles.

Der Glonersepp hörte zu und trank. Doch trank er mäßig. Dem Franticek schob er noch eine Flasche zu und lauschte aufmerksam. Seine Augen glitzerten stechend über dem wuchernden Bart.

„Ja, ja!“ sagte er endlich. „Das war recht, daß du gesprochen hast! Denn ich bin ja dein Freund.“

Der Franticek hörte es kaum noch. Jetzt, da er geredet hatte, fühlte er sich leer. Sein Kopf sank vornüber.

Der Glonersepp ließ ihn allein. Er wanderte durch die Nacht zurück ins Schloß. Er hörte das Käuzchen schreien, sah den Mond am Himmel und pfiff vor sich hin. Er war sehr zufrieden mit sich.

Im Schloß brannten noch Kerzen. Drei Fenster waren erhellt, im ersten Stock. Der Glonersepp ging auf Zehenspitzen. Leise knirschte der Kies. Von den Hunden fürchtete er nichts, die kannten ihn. Von Menschen wollte er nicht gesehen werden.

Nicht, als ob ihm etwas hätte geschehen können, ein falscher Verdacht, weil er bei Nacht noch draußen herumschlich! Nein! Das war's nicht.

Er empfand ein so geheimes Einverständnis zwischen sich und der Herrschaft, daß kein anderer daran teilhaben sollte. Wer wußte denn, was noch daraus wurde? Gut war es, das ahnte er mehr, als daß er es wußte, wenn nie jemand von seinem Besuch jetzt erfuhr.

Denn besuchen wollte er die Fürsten. Noch heute, in dieser Nacht, wenn's möglich war, mußte er sie sprechen. Groß und erhaben wirkte das Schloß mit seinen breiten Flügeln, fast wie verschneit im bleichen Mondlicht, ein wenig gespenstisch. Aber um so goldener kam Licht von den Leuchtern. Dann saßen der Fürst und die Fürstin beim Kartenspiel, Abend für Abend, wenn sie allein waren. Der Glonersepp wußte es, er kam nicht das erste Mal.

Von ihnen hatte er ja auch den Schlüssel für die Hintertür bekommen. Auskundschaften hatte er sollen, verschwiegen sein und berichten. Der Glonersepp ging leise ins Haus.

Manchmal knarrte eine Diele, das war nicht so schlimm. Dielen und Balken knacken immer in so einem alten Haus. Fensterflügel bewegen sich, Schränke ächzen. Auch toben die Siebenschläfer unter dem Dach.

Vor der Tür des Rosenzimmers blieb er stehen. Der Raum hieß so nach seiner Rosentapete. Er lauschte. Drinnen war Stille. Der Fürst und die Fürstin spielten, aber sie sprachen nicht miteinander.

Nun klopfte er.

„Wer da?“ fragte der Fürst.

Leise trat er ein. „Der Sepp ist's, Hoheit, bitte untertänigst um Vergebung. Ich hätte etwas zu berichten. Meinte, Euer Hoheit müßten es hören, heute nacht noch... Jedoch, wenn ich störe...“

„Tritt näher“, sagte Herta. Sie trug einen weiten Überwurf aus hellgelber Seide mit Rüschen. In ihren blonden Haaren funkelten die Diamanten, mit denen der Haarkamm besetzt war. Das war die spanische Mode. Man trug sie, seit Kaiser Napoleon seinen Bruder Joseph zum König von Spanien gemacht hatte – nicht zu seinem Glück, aber das war eine andere Sache. „Du störst nicht“, sagte die Fürstin. „Jedenfalls nicht, wenn es wichtig ist, was zu sagen du hast.“ Sie schob den Kartenfächer in ihrer Hand ineinander und legte den Stapel auf den Spieltisch. „Komm näher!“

Sorgfältig schloß der Glonersepp die Tür. Unter vielen Verbeugungen kam er zum Tisch, legte die Hände ineinander und hob sie vor die Brust.

„Es ist wegen des Franticek . . .“, sagte er. Das hätte er nicht zu sagen brauchen.

„Also?“ herrschte ihn Herta an.

Der Glonersepp redete. Seine Verdienste strich er gehörig heraus.

„Ja, die Sache ist die, daß der Franticek behauptet, die Mädchen wären vertauscht, halten zu Gnaden, ich sag's nur, wie er es gesagt hat. Also, das Mädchen, das dumme Ding, die Caroline, ganz lächerlich, sei in Wahrheit Herrin hier auf dem Schloß, und der Säugling, der damals begraben wurde, war Elsbeths, der Närrin, Kind. Er sagt auch, er hätte Hoheit damals gesehen, bei der Nacht. Und der Elsbeth hätt er's nun sagen müssen, weil's wahr ist, und die Elsbeth sei deshalb wohl in den Feuertod gegangen, vor Kummer.“

„Und das glaubt er?“ fragte Herta atemlos.

Der Glonersepp breitete seine Arme weit aus, raufte sich den Bart und legte die Hände gleich auf die Brust. „Gott soll mich strafen! Kein Wort von dem Gefasel!“

„Dummkopf! Ich meine doch nicht ihn! Ich meine den Franticek!“ rief Herta.

Fürst Miko griff sich an den Hals. Er schluckte, und seine Wangen wurden blaß.

„Er glaubt es wohl“, antwortete der Glonersepp. „Und ich fürchte halt, er wird es auch andere glauben machen!“ Er schwieg bedeutungsvoll, wartete lauernd, senkte den Kopf ein wenig, schaute von unten . . .

Frau Herta kannte ihn gut. Sie spielte ihr Spiel mit ihm, und er sollte glauben, daß es das seine war.

„Du willst noch etwas sagen?" fragte sie.

„Es ist nur wegen der Leute", stotterte er. „Wenn auch nichts dran ist an der verfluchten Geschichte, so sollte man ihm doch das Maul stopfen, dem Franticek, ehe er reden kann. Halten zu Gnaden, ich wüßte einen, der das übernehmen könnte, und das Mädchen gleich mit."

„Nein!" Miko sprang auf. „Keinen Mord! Wozu einen Mord ..."

„Wer tot ist, spricht nicht mehr, Hoheit!"

Miko ging mit langen Schritten im Zimmer auf und ab. „Es muß auch anders gehen." Er gab sich keine Mühe mehr, wollte sich nicht mehr verstellen. „Er soll nach Amerika. Mit beiden Kindern! Wir können ihm Geld geben, genug Geld. Da kann er neu anfangen, hier wird er nichts, kann er nichts werden."

„Wenn er aber meint, etwas sei dran an der Geschichte, ich meine halt, wenn er sie selber glaubt?" fragte der Glonersepp verschlagen. „Dann möcht sich so einer, ein Böhme ist er, Herr, kein bayerischer Untertan, dann möcht er sich hier vielleicht goldene Berge ausrechnen, wenn er, wie er meint, dem Mädchen das Erbe verschaffen könnte ... Was freilich lächerlich ist, aber so einer mag es glauben und richtet viel Unheil an. Er rennt gar zur Polizei, zum Gericht, sucht sogar nach Zeugnissen, nach Verwandten."

„Alexander ...", murmelte Miko.

„Der Sepp hat recht", erklärte Herta hart. „Es müßte aussehen, als ob er sich und das Mädchen selbst ... aus Verzweiflung ..."

„So müßt's aussehen, und so könnt's aussehen!" rief der Glonersepp rasch.

„Keine Blutspuren, keine Wunden, keinen Kampf!" sagte

Herta bestimmt.
„Ich hab's schon bedacht", erklärte der Glonersepp. „Am besten wäre Gift. Morgen abend gehe ich noch einmal hinaus, aber so, daß mich keiner sieht, erst wenn's schon dunkel ist. Ich bringe Wein mit, wie heute. Den haben sie schon getrunken, alle drei. Da schöpfen sie keinen Verdacht. Aber morgen ist's ein anderer Wein. Da gibt es Rezepte. Danach knüpf ich sie auf, am Balken! Es wird aussehen, als habe der Franticek erst die Kinder, und dann sich selbst ... halten zu Gnaden ..."

Miko ließ sich in seinen Sessel fallen, die Finger am Hals.

„Genug", sagte Herta. „Wie du es machst, das ist deine Sache. Wir haben nichts damit zu tun. Das ist klar ..."

„Klar!"

„Tausend Gulden, wenn's gelingt!" sagte Herta. „Und auf die Hand. Danach verschwindest du, auf immer!"

„Tausend Gulden!" Der Glonersepp strahlte.

20

Als der Franticek erwachte, lag er auf der Bank vor dem Haus. Er fror. Der Morgen stieg silbern über das Moor. Tautropfen hingen wie Perlen in den hellen Ästen der Birken, waren rings über die Gräser verstreut.

„Wach auf!" riefen die Kinder.

Franticek wischte sich den Schlaf aus den Augen. Er schüttelte sich, streckte sich.

Paul war ein kräftiger Junge, jetzt gerade dreizehn Jahre alt. Hellblonde Haare hingen ihm bis in den Nacken. Seine Haut war von Wind und Wetter gebräunt. Sonst leuchteten seine

Augen fröhlich, in diesen Tagen waren sie vor Kummer dunkel. Das graue Hemd stand am Hals offen, die Hose war dunkelbraun, aus derbem Wollstoff. Die Frau des Schäfers hatte ihn gewebt.

„Wach auf!" drängte Paul und schüttelte Franticek.

Auch Caroline stand da. Franticek starrte verwundert. Was wollten die Kinder von ihm, jetzt? Dunkel erinnerte er sich an den vergangenen Abend und hatte plötzlich ein ungutes Gefühl.

Caroline stemmte die Arme in die Hüften, auf den gebauschten Rock aus dunkelblauem Leinen, der bis zu den Füßen reichte. Eine graue Bluse trug auch sie, aber ihre war hochgeschlossen, mit einem Kragen am Hals, und die Ärmel reichten bis zu den Handgelenken. Sie schüttelte die lockigen, nußbraunen Haare. In ihren dunklen Augen, glänzend wie frische Kastanien, lag ein eigenartiger Ausdruck, ein gefährliches Funkeln. Ihre Nase war klein, ein wenig aufgewölbt, wie trotzig, dachte Franticek, und den Mund hatte sie ein wenig geöffnet. Eine Schönheit wird dieses Mädchen, eine wilde Schönheit, und ist doch eben erst zehn Jahre alt.

„Wir müssen hier weg!" sagte sie.

Franticek setzte sich auf. Er kam gar nicht zum Fragen. Irgendwie wußte er alles, sein böses Gefühl. Und dann sprach sie auch gleich weiter. Ganz verändert war sie, dieses Kind, dieses Mädchen; so hatte er sie noch nie erlebt.

„Ich weiß alles!" sagte sie. „Wir wissen alles. Die ganze Nacht, während du geschlafen hast, haben wir miteinander gesprochen, der Paul und ich. Ich hab alles gehört, was du dem Glonersepp erzählt hast, heute nacht. Ich hab's nicht hören wollen, aber das Kammerfenster stand offen, und ich hab nicht schlafen können, vor Kummer um die Mutter . . ."

Franticek stöhnte und faßte sich an den Kopf.

Caroline schüttelte den Kopf. Ihre Haare flogen. Tränen waren ihr in die Augen gestiegen, die wischte sie energisch mit der zarten, kindlichen Hand weg. „Ja, meine Mutter bleibt sie, wenn sie auch nicht meine richtige Mutter war, wie ich jetzt weiß. Aber über all das reden wir später, Papa! – Du bist ja auch nicht mein Vater, aber ich nenne dich so, wie ich dich immer genannt habe!"

„Wir drei sind eigentlich überhaupt nicht miteinander verwandt", sagte Paul. „Komisch ist das schon, und trotzdem hab ich das Gefühl, wir gehören so fest zusammen, wie sonst gar niemand auf der Welt, jetzt erst recht."

„Das finde ich auch. Es ist schön, daß du das sagst, so soll es auch bleiben", rief Caroline. „Aber jetzt etwas anderes! Wir müssen fort von hier, Franticek, darüber sind der Paul und ich uns einig geworden. Dem Glonersepp trauen wir nicht über den Weg. Der will Geld! Und das bekommt er eher im Schloß als bei uns. Und die vom Schloß, glaube ich, die werden jetzt ausführen, was sie damals schon hätten tun müssen, damit sie mein Erbe in Ruhe gemeinsam genießen können. Sie werden mich umbringen. Vielleicht sogar uns alle drei!"

„Woher weißt du das?" stöhnte Franticek, noch immer benommen.

„Ich schlag jeden tot, der dir zu nahe kommt", rief Paul. Er ballte die Fäuste.

Franticek sprang auf. Er rannte in die Hütte. Er kramte in der Truhe. Er zog den Siegelring unter den Kleidern hervor, hell leuchtete er in seiner Hand. „Er ist es! Herr Alexander! Alexander Helmbold! Er sollte dein Vormund werden . . . Er versprach mir damals . . ."

„Wo ist er?"

„Ach, das weiß niemand. Wir müssen ihn suchen. Vielleicht ist er weit fort. Wir brauchen Geld. Jetzt weiß ich, was ich tun muß. Ich gehe zum Notar in die Stadt. Da hinterlasse ich eine Erklärung, falls etwas passiert mit mir. An Eides Statt. Und ich werde nach dem Herrn fragen. Vielleicht weiß der Notar, wo er ist. Er hat ja das Tagebuch von deinem Vater in Verwahrung, zu treuen Händen."

„Ich will es haben. Ich gehe mit dir! Das Tagebuch gehört mir!"

Franticek lachte. „Du bist eigensinnig! Aber es gefällt mir. Aber das Tagebuch wirst du nicht bekommen, Caroline. Das kann dir nur Herr Alexander geben, und erst an deinem vierzehnten Geburtstag. Trotzdem, es könnte nützlich sein, wenn der Notar dich sieht. Dein Anblick könnte ihn überzeugen..."

„Ich kann auch reden!" rief Caroline empört.

„Ich glaube es dir, es scheint so", sagte Franticek. „So komm nur. Der Herr Notar vertritt ja das Recht. Er wird uns helfen, uns raten!"

„Und wenn wir hier weggehen, den Alexander suchen, der mein Vormund werden sollte, und es ja eigentlich auch ist, nach meines Vaters Willen, denn nur, weil man mich tot glaubte, ist er es ja nicht geworden", rief Caroline, „weil ich aber lebe, so ist er's! Also, wenn wir ihn suchen, so brauchen wir Geld. Einen Vorschuß auf mein Erbe will ich nehmen..."

„Das wird nicht so leicht sein!"

„Aber ich will es versuchen. Jedenfalls, wir müssen Geld haben für die Reise! Wer weiß, wie weit wir wandern müssen? Durch ganz Europa? Oder durch die Welt. Wir brauchen Waffen..."

„Und wer redet von mir?" fragte Paul. „Ich gehe mit euch!"

„Aber das ist doch klar!" sagte Caroline.

„Und wenn ihr jetzt zum Notar geht, dann warte ich draußen vor der Tür. Es könnte sein, daß der Glonersepp schon hinter uns her ist ...“

„Bei Tageslicht und in der Stadt fürchte ich nichts“, meinte Franticek. „Aber die Augen offenhalten ist immer besser, als blind vertrauen.“

„Er könnte uns jedenfalls nachspionieren“, sagte Paul. „Und das sollten wir wissen. Wir sperren die Hütte ab!“

Später gingen sie zu dritt durch das Moor und dann durch die Felder in die Stadt Krötzingen.

Der Tag wurde schön. Es war ein Frühlingstag, der Himmel wölbte sich blau. Und die Vögel lärmten.

21

Am Notar Dr. Paulus Gailhofer waren die Jahre nicht spurlos vorübergegangen. Seine Nase war noch fleischiger, sein Bauch noch runder geworden. Nur in einem war er sich gleichgeblieben: er schnupfte nach wie vor, vielleicht noch häufiger als früher, und seine Nies-Explosionen waren so heftig wie eh und je.

Im Laufe all der erfreulichen Geschäfte, die sein Notariat für den Fürsten zu Krötzingen-Waldegg zu erledigen gehabt hatte, war dem Notar Dr. Gailhofer die letzte Erinnerung daran, daß er jemals Vorbehalte gegen die neuen Schloßherrn gehegt hatte, aus dem Gedächtnis verschwunden. An einen Säugling mit Namen Caroline, der auf plötzliche und tragische Weise gestorben und genauso plötzlich unter die Erde gekommen war, hatte er all die Jahre nicht gedacht.

Als nun dieser Franticek Pavel aus Böhmen, jetzt Witwer der Närrin Elsbeth, in seinem Arbeitszimmer stand und dieses kleine Mädchen bei sich hatte, eben der Närrin Tochter, die auch Caroline getauft worden war, und als da Andeutungen gemacht wurden, oder fast schon Behauptungen aufgestellt wurden, die so abenteuerlich waren, daß der Notar seinen Ohren nicht traute – da geriet er allerdings zunächst aus dem Gleichgewicht und mußte Zuflucht nehmen bei einer gewaltigen Prise Schnupftabak.

Der Sekretär Kaltenegger, der am Schreibpult stand, flüchtete geschickt zuvor ans Fenster, auf seine schlangenhafte Art. Und er erspähte auf den Treppenstufen vor der Haustür den Jungen Paul, der dasaß, als ob er an nichts dächte. Aber Kaltenegger dachte sich selbst etwas dabei.

Er kehrte an sein Stehpult zurück und tauchte den Federkiel ins Tintenfaß. Noch beschäftigte er sich mit einer Abschrift, aber frische Blätter lagen jederzeit griffbereit über ihm im Regal.

„Wie ist es nun?" fragte Caroline. Sie fragte den Notar, der noch damit beschäftigt war, seine Nase in ein großes Sacktuch zu schneuzen, wozu er sich mehr Zeit ließ als nötig. „Wie ist es nun, Herr Notar, wie können Sie mir helfen, was können Sie mir raten?"

Und wie sie so sprach, schwanden des Schreibers Kaltenegger letzte Bedenken. Dieses Mädchen hatte das Zeug dazu, einmal Fürstin zu sein. Das war keine Häuslerstochter, dachte er. Und wenn er, Kaltenegger, auch niemals schnupfte, so kitzelte es ihn doch in der Nase, und er nahm ein neues, frisches Schreibblatt aufs Pult, er wußte noch nicht, wozu.

Notar Dr. Gailhofer rang nach Fassung. Er setzte sich in Bewegung, würdigte Franticek keines Blickes und auch nicht das Mädchen. Er wanderte ziellos hin und her, von Wand zu Wand. Was sollte er antworten? Reichte er dem Mädchen Caroline – diesem Bauernmädchen im Leinenrock und grauer Bluse, das da so zornig den Kopf warf und die goldbraunen Locken fliegen ließ –, reichte er ihr auch nur den kleinen Finger, könnte ihm das bei den fürstlichen Herrschaften auf Schloß Waldegg schaden, fürchterlich schaden!

Er sah das Bauernkind Caroline also nicht an, sah an ihr vorbei, als sei sie Luft. Er sprach nur zu Franticek, zu dem erwachsenen Mann, und sprach pausenlos, damit dieser selbst nicht zu Wort kommen konnte. „Es ist gut, Franticek Pavel", sagte er, „nur gut, daß wir allein in diesem Raume sind. Denn mein Sekretär Kaltenegger ist so verschwiegen, Gott sei Dank, als hätte er gar nichts verstanden. Das, was Sie da anzudeuten belieben und wofür Sie auch noch meine Hilfe erbitten, ist ja mehr als ungeheuerlich und könnte Sie für viele Jahre wegen Verleumdung hochgestellter Persönlichkeiten hinter Gitter bringen. Persönlichkeiten, die – beachten Sie das wohl – dem Throne unserer Majestät Maximilian I. nahestehen. Wo kommen Sie noch her, Franticek Pavel? Aus Böhmen, wenn ich nicht irre? Ein Böhme also, kein Untertan der Majestät! Das empfiehlt Sie noch weniger! Sollte im Schloß wirklich keiner bemerkt haben, daß da nicht das richtige Kind in der Wiege lag, nicht Caroline zu Krötzingen-Waldegg, sondern das Baby der Närrin? Das sollte die Kinderfrau – wie hieß sie doch gleich, Kaltenegger..."

„Huber, Frau Huber, Herr Notar!"

„Die Huber sollte es nicht bemerkt haben, und auch nicht der Arzt? Ich sag Ihnen, Sie reden sich um Kopf und Kragen und schaden dem Mädchen dazu. Vergeßt es beide. Dann will ich's auch vergessen und keine Anzeige erstatten, wozu ich verpflichtet wäre. Aber ich will's nicht, um des unschuldigen Mädchens willen will ich's nicht, und ich hoffe, sie wird es mir nicht vergessen und mir noch einmal dafür danken!"

Franticek Pavel verwünschte sich insgeheim, daß er überhaupt hierhergekommen war. Er wollte etwas sagen, hatte eine scharfe Bemerkung auf der Zunge, da fing er einen Blick auf von Kaltenegger, der das rechte Auge auf besondere Art zukniff und den Finger heimlich auf den Mund legte. Da schwieg er. Dafür sprach Caroline, sie stemmte die Hände in ihre biegsame, schlanke Taille.

„Ich sehe schon, Sie können wohl nicht anders, Herr Notar", rief sie. „Mag sein, daß es Ihnen einmal leid tun wird! Es könnte ja sein, daß es in dem Tagebuch einen Beweis gäbe? Es muß ja einen Sinn haben, daß der Fürst, mein Vater, es Alexander Helmbold so ans Herz legte. So sagen Sie uns wenigstens, wo wir meinen Vormund finden!"

„Ich weiß es nicht!" rief der Notar.

„Aber das Tagebuch ..."

„Das liegt beim Gericht. Wohl verwahrt, und da bleibt es! Möglich, daß der Herr Helmbold beim Napoleon ist. Aber jetzt ... ich habe dringende Geschäfte! Der Herr Apotheker wartet schon lange. Es geht um ein Wegerecht. Das eilt! Entschuldigt mich!"

Und ohne eine Antwort abzuwarten und ohne seinen Sekretär noch eines Blickes zu würdigen, stapfte er zur Tür, stürmte hindurch und die Stiegen hinab, zur Haustür hinaus, stolperte fast über einen Jungen, der dasaß und die Beine ausgestreckt hatte und zum Marktplatz schaute, als gäbe es da ein Wunder zu erblicken.

„Teufel auch! Was lungerst du hier herum?" rief der Notar und sprang, um nicht zu stürzen, über drei Stufen.

Da erkannte er, wer der Junge war. Der machte kein freundliches Gesicht. Der Notar brummte: „Ach was!" und eilte davon.

Paul grinste. Er kratzte sich am Hinterkopf. Da oben ist es

nicht gutgegangen, dachte er. Ich wollte, wir wären schon fort, weit fort.

Er blickte zur Haustür, dachte, daß Caroline und Franticek nun gleich kommen müßten. Aber er mußte noch warten.

22

Vor dem Haus stand eine große Linde. Paul fand, er könne genausogut von den Ästen des Baumes auf den Platz schauen, ja vielleicht sogar noch viel besser als von der Treppe aus. Und er konnte außerdem durch die Fenster des ersten Stockwerks hineinblicken.

Warum hatte er es nur nicht gleich getan? Dort oben war er sogar noch gut verborgen! Mit einem Sprung war er am Stamm, hing am starken unteren Ast, dann zog er sich empor, schwang die Füße nach, kletterte, hangelte sich hinauf, bis er sicher stand.

Er befand sich genau vor dem Fenster des Büros. Ein hagerer, sich seltsam windender Mann redete eifrig auf Caroline und Franticek ein. Dann reichte er Franticek ein Blatt Papier, auf dem etwas geschrieben stand. Paul konnte es nicht erkennen, aber es war wohl eben erst geschrieben worden, denn der Sekretär streute Sand zum Trocknen darüber. Dann gab er Franticek die Feder, und Franticek unterschrieb.

Aber die ganze Zeit sah es so aus, als ob eigentlich nicht Franticek gemeint wäre, sondern Caroline, denn der Mann sah vor allen Dingen sie an; er verbeugte sich gewunden vor ihr und rieb sich die Hände.

Was Caroline für ein Gesicht machte, konnte Paul nicht erkennen, sie stand mit dem Rücken zu ihm. Er sah nur die haselnußbraunen Haare, er sah ihre zarten Schultern und Oberarme. Paul hatte Caroline schon immer gern gehabt, seit er wie ein Bruder in der Birkenmoorhütte aufgenommen worden war. Er hatte immer das Gefühl gehabt, er müsse sie beschützen. Jetzt aber fühlte er plötzlich etwas mehr für sie, eine warme Empfindung. Er wußte, er würde für sie kämpfen, mit allen seinen Kräften.

Das war doch einmal eine Aufgabe! Die hatte nicht jeder.

Jetzt hatte Franticek das Schriftstück unterschrieben, und Caroline sagte etwas zu dem Mann, das dieser gern zu hören schien, denn er nickte und strahlte über das ganze Gesicht, und dann verbeugte er sich noch tiefer. Vielleicht hätte er sogar Carolines Hand geküßt, wenn sie ihm diese gereicht hätte.

Gleich darauf aber ging er ins Nebenzimmer und war für eine Weile, während sich Franticek und Caroline leise miteinander unterhielten, verschwunden.

Als der Mann wiederkam, hatte er einen Beutel in der Hand, es war ein Geldbeutel, und er war schwer. Also hatte er Franticek Geld gegeben, und Franticek hatte deswegen etwas unterzeichnet.

Paul hatte genug gesehen. Er kletterte wieder vom Baum herunter.

Im Büro verabschiedete sich Kaltenegger von Caroline und Franticek. Er warnte sie. „Es ist gut, vorsichtig zu sein. Es wäre möglich, daß der Herr Notar zum Schloß gegangen ist. Es könnte sein, daß man die Gendarmen auf euch hetzt. Aber ich glaube doch eher, daß man in der Stille hetzt ...“

„Der Glonersepp ...“, sagte Franticek düster.

„Der Glonersepp!“ rief Kaltenegger. „Es wäre gut für euch, das genau zu wissen! Eine Idee hab ich, wenn ihr’s nicht zu eilig habt. Könnt ihr euch in der Hütte zuverlässig verstecken?“

„Das ginge“, sagte Franticek. „Im Verschlag, hinterm Heu.“

„So verbergt euch dort heute abend“, schlug Kaltenegger vor. „Ich glaube, der Glonersepp wird heute noch kommen oder ein anderer.“

„Aber wenn er uns nicht findet, was wird das für ein Beweis sein?“

„Ich werde dort sein“, sagte Kaltenegger. „Ich werde mit ihm reden, und ihr werdet sehen, was er für ein Gesicht macht, werdet hören, was er sagt, ob er tobt, ob er flucht...“

„Ihr könntet uns verraten!“ murmelte Franticek.

Da richtete sich Kaltenegger hoch auf und legte die Hand auf die Brust. „Ich hab Sie belauscht, Franticek Pavel, damals auf dem Friedhof, als Sie mit Herrn Helmbold sprachen. Es geschah unfreiwillig. Nun gut, ich hab niemandem etwas verraten. Und ich hab damals schon gespürt, bei der Testamentseröffnung, daß etwas nicht stimmte. Ich hab dem Notar geraten, das Tagebuch gut zu verwahren und es nicht dem Fürsten Miko zu geben. Ich war es, der dafür gesorgt hat, daß es aufs Gericht gebracht wurde und nun sicher dort liegt, sicher vor jedermann! Bis zum vierzehnten Geburtstag der Demoiselle! Ich hab jetzt hundert Gulden gegeben für eure Hütte im Birkenmoor, sauer erspartes Geld, alles, was ich besitze!“

„Ja, ja“, murmelte Franticek. „Wir danken Ihnen!“

„Dank ist nicht nötig“, rief Kaltenegger. „Gerechtigkeit muß sein. Aber man muß nicht dafür danken. Doch wenn ich der Fürstlichen Hoheit Caroline jetzt helfe, so hoffe ich auf Belohnung. Ich sag's offen. Mit Offenheit kommt man am weitesten. Daher, weil ich auf Belohnung hoffe, könnt ihr euch auf mich verlassen.“

Caroline nickte. Sie legte Kaltenegger die Hand auf die Schulter. „Wissen Sie vielleicht, wo mein Vormund zu finden ist? Ist er wirklich bei der Armee Napoleons?“ fragte sie gespannt.

„Es wurde mal so was erzählt. Wie man hört, bewegt sich der französische Kaiser mit seinen Truppen gerade auf Regensburg oder auf Landshut zu, um die österreichischen Armeen zu schlagen. Es kann aber sein, daß er morgen schon wieder in Spanien oder auch bei den Preußen, vor Berlin, ist...“

„Regensburg liegt näher!“ rief Caroline. „Aber ich verlasse mich auf Sie, Kaltenegger, daß Sie schweigen!“

„Aus eigenem Interesse!“ Kaltenegger nickte. „Ich will aus meinen hundert Gulden tausend machen, die mir gehören!“

„Das ist eine gute Grundlage für Vertrauen“, sagte Caroline lachend.

Und dann verabschiedeten sie sich.

Die Stadt verließen sie noch nicht gleich. Franticek erstand noch zwei gute Pistolen, Pulver und Kugeln, einen leichten Degen, ein Seitenmesser, feste Schuhe und noch einige Dinge, die notwendig waren.

Damit verging der Nachmittag. Allmählich wurde es Franticek ungemütlich. Überall glaubte er mißtrauische oder forschende Blicke zu sehen. Jeder konnte ein Späher vom Schloß sein.

Es wurde Abend, und dann marschierten sie den gleichen Weg zurück, den sie am Morgen hergewandert waren. Sie erzählten Paul von der Unterhaltung mit dem Notar und dem Sekretär.

„Spion!“ Caroline lachte. Sie stieß ihn an. Sie lachten beide, rannten voraus, balgten sich freundschaftlich.

Franticek schaute ihnen nach. Hoffentlich bleiben sie immer so fröhlich, dachte er bekümmert. Auf was hatte er sich da eingelassen?

Hätten sie nicht friedlich und unbehelligt, wenn auch bescheiden, leben können, wenn er geschwiegen hätte? Immer riß ihn sein böhmisches Temperament, riß ihn sein Gerechtigkeitssinn zu unbedachten Handlungen hin! Schon damals, als er die Heimat verlassen mußte. Warum hatte er auch einen Edelmann mit der Klinge in die Flucht gejagt, nur weil der ein unschuldiges Mädchen beleidigt hatte?

Ehe es dunkel wurde, erschien Kaltenegger im Moor. Er trug eine schwarze Ledertasche. Er ließ sich von Franticek den Schlüssel der Hütte geben.

„Versteckt euch", riet er den dreien ernst und rieb seine Hände.

Franticek, Paul und Caroline schlüpften in den Verschlag, aber nicht ohne Waffen. Den Degen und die Pistolen nahmen sie mit. Hinter dem Heu verborgen, konnten sie die Hütte gut sehen.

Kaltenegger ging hinein; er zog die Tür hinter sich zu, lehnte sie aber nur an. Innen zündete er eine Kerze an. Ihr sanftes Licht schien nach draußen. Es war wie damals, in jener Nacht.

23

Allmählich wurde es dunkel. Die Bäume rauschten, denn der Wind wehte. Ein Mann stapfte herbei; er kam aus der Dunkelheit, als wäre er ein Stück von ihr, so schwarz war er. Er trug einen Korb.

Er war leise gegangen, hatte sich nicht sehen lassen, aber nun, da er hier war, tat er vertraulich, rief: „He! Holla! Franticek, ich bin's, der Glonersepp! Ich will dir Gesellschaft leisten, damit du nicht traurig bist!"

„Der Lump!" flüsterte Paul. Und Franticek entsicherte die

Pistole, hielt sie vor sich auf dem Heu in Bereitschaft. Zugleich legte er seinen Arm um Caroline.

Sie konnten zuerst nicht sehen, was sich abspielte, wohl aber hören. Der Glonersepp wollte die Tür aufstoßen, da trat Kaltenegger heraus.

„Sieh an! Joseph Gloner, wenn ich nicht irre", sagte er deutlich und ziemlich laut. „Und Sie suchen den Pavel Franticek. Haben Sie noch ein Geschäft mit ihm? Oder suchen Sie gar die Kinder, Caroline und Paul?"

Überrascht trat der Glonersepp einen Schritt zurück. Er fürchtete, man sei ihm auf die Schliche gekommen. „Ist schon gut", brummte er. „Es macht nichts, daß der Franticek nicht da ist. Ich kann ja ein andermal wiederkommen!"

„Aber nicht doch, warum so eilig? Der Franticek kommt so bald nicht wieder. Der ist fort, mit den beiden Kindern!"

„Ist fort? Wohin?"

„Ich weiß es nicht! Aber es ist mir gerade recht, daß Sie kommen. Wir setzen uns auf die Bank und reden ein Wort. Ach, Sie haben Wein in dem Korb ... Wohl vom Schloß? Doch nicht etwa gestohlen?"

„Da sei Gott vor! Nein! Aber ich muß wieder fort!"

„Ich glaube nicht, daß Sie weg müssen. Wäre der Franticek hier, würden Sie auch bleiben. Na also. Trinken wir ein Glas zusammen ..."

Kaltenegger griff ohne weiteres in den Korb. Er hob zwei Flaschen empor. Aber der Glonersepp griff danach. „Nicht!"

Kaltenegger wollte dem Glonersepp die Flaschen wegnehmen, der Glonersepp griff jedoch schnell zu, riß sie dem schmächtigen Mann aus der Hand, schleuderte sie auf den Boden, eine nach der anderen, wo sie auf den Steinen zerschellten.

„Oh“, rief er, „Verzeihung, das wollte ich nicht! Ich bringe Ihnen andere!“

„Nicht nötig“, antwortete Kaltenegger. „Jetzt hab ich mir's anders überlegt. Sie sind sehr heftig, Glonersepp, sehr erregt. Aber die Flaschen sind zerbrochen. Wie dumm, daß wir den Wein nicht mehr trinken können!“

Dem Glonersepp wurde die Unterhaltung immer unangenehmer. Er sagte: „Ich gehe jetzt!“ und drehte sich um.

„Ich halte Sie nicht!“ meinte Kaltenegger.

Der Glonersepp blieb noch einmal stehen. „Und Sie wissen nicht, wo der Franticek hin ist, mit dem Buben und dem Mädchen?“

„Warum sollte ich's wissen? Was geht es mich an! Aber sie sind ja leicht zu erkennen, die drei! Ein Mann, ein Junge und ein Mädchen. Sie sind leicht zu erkennen.“

Der Glonersepp starrte den hageren Mann an. Wußte er vielleicht mehr, als er sagte? „Ach“, knurrte er, „mir ist's ja egal, wo die sind. Jetzt, wo er weg ist ... was soll's noch!“

Und nun ging er tatsächlich. Er ging schnell. Die Nacht verschluckte ihn, und seine Schritte verhallten.

„Ich schleiche ihm nach“, flüsterte Paul. „Und falls er umkehrt, pfeife ich wie ein Rehkitz!“

Franticek nickte. Paul schlüpfte hinaus, unhörbar bewegte er sich von Baum zu Baum. Er kannte hier jeden Ast, jeden Stein.

Die Frösche quakten im Moor. Der Wind sang ein trauriges Lied.

Franticek und Caroline kamen aus ihrem Versteck. Aber Franticek ließ seine Waffe nicht aus der Hand.

„Jetzt weiß ich, was ich vom Glonersepp zu erwarten habe“, sagte er zu Kaltenegger.

„Der Wein war vergiftet“, antwortete dieser. „Seht euch vor!“

„Paul ist hinter ihm her, er warnt uns."

„So sind wir jetzt ungestört", meinte Kaltenegger. „Ich hab euch was mitgebracht, in der Tasche. Wenn die Demoiselle schauen will..." Er zog die Tasche ans Licht, öffnete sie, hob eine Schere heraus und einen Anzug.

„Was ist das?" fragte Caroline, doch sie begriff sofort. „Ach!" rief sie. „Man sucht nach zwei Männern und nach einem Mädchen. Man fragt nach ihnen. Aber es werden überall nur drei Männer gesehen!"

„Sagen wir lieber, zwei Jungen und ein Mann!"

„Ein Junge, ein Bursche und ein Mann", sagte Kaltenegger. „Nur leider, die schönen Haare der Demoiselle müßte man opfern. Wie schade!"

„Die wachsen wieder! Nur runter!" Caroline griff selbst nach der Schere. Da nahm sie ihr Franticek aus der Hand und schnitt ihr die längsten Locken ab.

Caroline nahm die Hosen, sie zog sich in die Kammer zurück und war bald wieder da – ein zierlicher, schlanker Junge mit Haaren, die im Nacken endeten, und in Hosen, die unter dem Knie gebunden waren, stand vor den Männern.

Gerade da kam auch Paul zurück. „Die Luft ist rein", rief er. „Der Schuft lief über die Felder ins Schloß." Er stutzte.

„Ich heiße jetzt Karl!" rief Caroline. „Und wo immer wir hingehen, heiße ich Karl. Carlo in Italien, Carlos in Spanien, Charles in Frankreich und in England..."

„Da heißt du auch Charles!" sagte Franticek. „Und mich nennt ihr Franz, von heute an, ihr zwei Gefährten. Es ist nicht nötig, daß man Franticek gleich am Namen erkennt, hört ihr, Karl, Paul, Paolo oder Pablo?"

„Ja", antworteten die Kinder.

„Monsieur Kaltenegger", sagte das Mädchen Karl und schlug

dem Schreiber so männlich auf die Schulter, daß dieser zusammenzuckte, „das war eine gute Idee! Und wir werden nicht vergessen, wer sie gehabt hat.“

„Das hoffe ich“, antwortete Kaltenegger und rieb sich die schmerzende Stelle. „So wäre denn alles geregelt, fürs erste.“

„Ja“, sagte Franticek-Franz. „Wir gehen noch heute. Wir wandern während der Nacht. Da kommen wir am besten und ungesehen weiter, ein großes Stück. Ihre Hand, Herr Kaltenegger, und Verzeihung, wenn ich Ihnen einmal mißtraute!“

Auch Paul gab Kaltenegger die Hand. Danach Caroline. Schon wand er sich, wollte sich darüberbeugen, da stieß sie ihn leicht an. „Vergessen Sie, wer ich bin?“

„Verzeihung, Karl“, sagte er. „Ich wünsche Ihnen Glück. Es soll auch das meine sein. Wir werden es brauchen können, denn leicht ist nicht, was vor euch liegt.“

„Das wissen wir“, antwortete Franticek.

Dann gingen sie. In der Finsternis schlugen sie den Weg ein, der durch das Moor führte. Der Waldkauz schrie. Der Mond brach durch die Wolken, sein bleiches Licht verklärte die verkohlte Ruine der verbrannten Kapelle.

Franticek schauderte.

Caroline blieb stehen. Sie schluchzte leise.

„Nicht zurücksehen!“ flüsterte Franticek. “Das alles liegt hinter uns. Vor uns liegt der Kampf um das Recht, um dein Recht, Caroline.“

Kaltenegger blieb nur noch kurz bei der Hütte. Er verschloß die Tür, drehte den Schlüssel um und steckte ihn in die Tasche. Die Hütte im Moor lag einsam da.

24

Der Glonersepp war durch die Nacht davongestürzt, wie blind vor Zorn und Haß. Für ihn stand jetzt alles auf dem Spiel. War man ihm schon auf die Schliche gekommen?

Er stolperte über Wurzeln und Steine. Es war dunkel. Rauch lag in der Luft, der stieg aus den Ruinen der ausgebrannten Marienkapelle.

Er taumelte keuchend voran. Plötzlich trat er ins Leere. Er fiel in den Graben, schlug mit der Schulter auf und stieß einen unterdrückten Fluch aus.

Über ihm wölbte sich der tiefschwarze Himmel.

Was sollte er nur tun? Er lag eine Weile da und dachte nach. Die Gedanken überschlugen sich in seinem Kopf. Plötzlich hörte er Schritte. Er hob den Kopf. Das waren Menschenstimmen. Sie kamen näher. Es waren drei, und nun erkannte er auch die Stimmen!

Sie blieben stehen, dort, wo früher die Kapelle gewesen war. Der Glonersepp schob sich auf den Rand des Grabens. Im blassen Licht des Mondes erspähte er ihre Gestalten.

„Gegrüßet seist Du, Maria", klang es gedämpft, und er verstand, daß sie Abschied von Elsbeth nahmen, sie beteten für sie.

Wenn sie nun weggingen, würde er vielleicht an der Richtung, die sie einschlugen, erkennen, wo sie hingingen. Dann konnte er ihnen leise folgen.

Endlich sagte Franticek: „Kommt! Mir ist nicht wohl, daß wir uns hier aufhalten."

„Es war gut, daß wir hier waren", klang es hell von Caroline.

Von ihrer Verwandlung in einen Knaben wußte der Glonersepp nichts.

Dann gingen sie dicht am Glonersepp vorbei. Wie leicht hätte er aufspringen und Caroline erwürgen können. Es wäre leicht gewesen. Aber das wäre nicht unbemerkt geblieben, und Franticek und Paul hätten ihn vielleicht erschlagen.

So ließ er sie gehen. Sie bewegten sich auf dem Pfad nach Nordosten, fort von Waldeggsdorf, fort auch von Krötzingen. Ihr Ziel war also nicht München. Sie schlugen die Richtung nach Regensburg ein. Wie weit konnten sie heute nacht wandern? überlegte der Glonersepp. Die nächste größere Gemeinde war Schwarzenburg, die Stadt mit der Mauer und der Kirche mit dem hohen Turm.

Da mußte der Glonersepp fast lachen, so einfach erschien ihm nun alles.

Leise erhob er sich. Etwas später stand er im Schloß vor seiner Herrschaft. Da erklärte er, daß sein Wild schon geflüchtet gewesen sei, als er zur Hütte ins Birkenmoor kam. „Aber es ist vielleicht sogar gut so“, fuhr er fort, „denn so kann an einem ganz anderen Ort geschehen, was geschehen muß, weit weg von hier. Ich weiß, wohin sie gegangen sind. Morgen früh werden sie in Schwarzenburg ankommen. Aber einer wird vor ihnen dasein . . .“

„Wie willst du das machen?“ fragte Herta.

„Sie gehen zu Fuß – ich nehme ein Pferd! Da bin ich schneller. Meinen Bart und das Kopfhaar rasiere ich mir ab, so erkennt mich keiner. Einen anderen Anzug brauche ich. Und die Stimme werde ich verstellen, werde hoch und mit badischem Tonfall sprechen. Nicht umsonst war ich einmal Schauspieler. Nur brauche ich Geld . . .“

Kurz vor Mitternacht verließ ein Reiter sehr leise den Park. Er hatte ein kahlrasiertes, bleiches Gesicht, aus dem eine derbe Nase unter hellgrauen Augen ragte. Der glattrasierte Schädel glänzte wie poliert. Er trug den braunen Reisemantel eines Kaufmanns, gelbe Lederstiefel und karierte Hosen. In seinem Gürtel steckten ein Dolch und eine Pistole.

Als man den Reiter im Schloß nicht mehr hören konnte, gab er seinem Pferd die Sporen. Im Galopp donnerte er davon.

25

Als Caroline erwachte, mußte sie niesen. Der Duft von Heu stach ihr in die Nase. Ein Sonnenstrahl fiel von oben durch eine Spalte zwischen den Bohlen. Staub tanzte im hellen Licht.

Neben ihr schlief Paul. Heubüschel waren über sein Gesicht gefallen. Das sah lustig aus.

Franticek lag quer vor der Tür. Eben erst war er eingeschlafen, völlig übermüdet. Bis zum Morgen hatte er gewacht. Die ganze Nacht waren sie gewandert, bis zur Erschöpfung. Der Mond war durch die Wolken gekommen und hatte ihnen geleuchtet. „Jetzt wird es bald Tag“, hatte Franticek gemeint. „Wir suchen uns eine Scheune, und da schlafen wir ein paar Stunden.“

Sie hatten Glück gehabt.

„Aufstehen, ihr Langschläfer“, rief Caroline jetzt.

Sofort sprang Franticek auf. Er trat unter die Tür, die Kinder klopften sich die Kleider aus und gingen zu ihm. Weite Wiesen und Felder breiteten sich vor ihnen aus. Da und dort standen Büsche. Und ganz in der Ferne sah man die Mauern einer Stadt, überragt von einem Kirchturm.

„Das muß Schwarzenburg sein“, meinte Franticek. Er schulterte den Wandersack.

Caroline atmete tief ein. „Es ist schön!“ rief sie. „Schön, daß wir unterwegs sind. Jetzt fühle ich mich so richtig frei! Ich will dir das sagen, Franticek...“

„Franz, bitte! Ich heiße jetzt Franz. Und ich denke, ich werde mir einen Bart wachsen lassen, damit man mich weniger leicht erkennt!“

„Das müßte dir gut stehen.“

Franticek lachte. „Und du heißt Karl! Ich hoffe, wir werden uns bald an die neuen Namen gewöhnen.“

„Klar, Franz“, rief Caroline. „Also, ich will dir was sagen, Franz. Ich bin fast froh darüber, daß ich als Baby vertauscht wurde, denn sonst hätte ich Paul nie kennengelernt. Da wäre ich ja immer nur die Prinzessin gewesen, in Seidenkleidern – fürchterlich! Und dich, Franz, hätte ich nur als meinen Burschen erlebt; du hättest mir die Pferde gesattelt und die Stiefel geputzt. So, wie es jetzt ist, finde ich es tausendmal schöner...“

„Danke, Caroline... Ich meine, danke, Karl!“ sagte Franticek. Dann schneuzte er sich gerührt die Nase, und zwar kräftig.

„Und außerdem gefällt es mir, die Welt zu sehen! Gewiß, als Prinzessin hätte ich viel Geld gehabt und wäre in Kutschen gereist, aber so wie jetzt... in Scheunen übernachten... vielleicht unter Brücken... und ganz andere Menschen erleben, Bauern, Hirten, Handwerker und Landstreicher, das wäre mir wohl unmöglich gewesen!“

„Es wird nicht immer nur ein Vergnügen sein“, meinte Franticek. „Hier in der Scheune waren wir zwar vollkommen sicher, so rasch ist uns noch keiner gefolgt. Wer sollte auch wissen, wo wir sind!? Aber man wird uns suchen, Leute aussenden. Der Glonersepp wird keine Ruhe geben. Und deshalb brechen wir lieber auf...“

„Ich habe die ganze Zeit nichts gesagt, weil ich nur einen einzigen Gedanken habe: Hunger! Hunger und wieder Hunger!“ erklärte Paul.

Caroline klopfte sich an den Bauch. „Mir geht es genauso. Also los! Wo ist das nächste Gasthaus?“ Sie rannte davon, über eine Wiese, sah sehr jung aus – ein fröhlicher, sehr zierlicher Junge.

„Halt! Halt!“ rief Franticek hinter ihr her. „Das mußt du mir fest versprechen, du mußt vorsichtig sein! Du darfst dich nie zu weit von mir entfernen.“

„Was heißt, von dir?“ fragte Paul. „Ich bin doch auch noch da.“

26

Es war noch früh, als sie durch das Tor der Stadt Schwarzenburg gingen. Das Leben erwachte. Handwerker öffneten die Läden, Hausfrauen die Fenster. Das Kopfsteinpflaster war voller Pferdeäpfel, Kuhfladen, Ziegen- und Hundedreck.

Der Gasthof *Zum goldenen Ochsen* lag am Marktplatz, in dessen Mitte die prächtige Michaelskirche stand. Ihr hoher Turm ragte steil empor. Oben sah man die große Glocke. Die Turmhaube schien fast die Wolken zu berühren. Caroline legte den Kopf in den Nacken. „Wie schön!“ rief sie.

Der Gasthof war ein langgestreckter Bau mit einem gemütlich herabgezogenen Dach. Die Fenster waren klein und vielfach unterteilt durch schmale, weiße Sprossen. Gerade wurde ein kräftiges Pferd vom Knecht durch die Nebenpforte in den Hinterhof gebracht. Das Klipp-klapp der Hufe verklang.

Die drei Wanderer gingen zur Gasthauspforte. Sie kamen in

einen schmalen Gang. Über ihnen bimmelte die Glocke, sie war an einer Feder befestigt. Und sogleich kam ein rundlicher Mann aus dem Inneren des Hauses. Er trug eine weiße Schürze.

„Sind Sie der Wirt?" fragte Franticek. „Wir könnten ein kräftiges Frühstück vertragen."

„Zu Diensten", antwortete der Mann. Er öffnete rechts eine Tür zur Gaststube. Die drei sahen braune Holzwände, braune Tische, braune Stühle. „Tretet ein. Heute früh kam schon ein Reiter. Ihr könnt euch zu ihm setzen..."

„Wir sitzen lieber allein", antwortete Franticek. „Ich bin müde."

„Auch recht", brummte der Wirt. „Merkwürdig, wie viele Leute heute morgen schon unterwegs sind. Sonst kommen sie meist am Abend an. Nun, Nachtgäste habe ich auch, das ganze Haus ist voll. Aber am Morgen... nun, in diesen Zeiten ist alles möglich. Vielleicht seid ihr auf der Flucht vor Napoleons Truppen oder vor den Österreichern..."

„Nein", sagte Franticek kurz. „Lassen Sie uns nur ausruhen, Herr Wirt. Und geben Sie uns zu essen. Später rede ich gern mit Ihnen, möchte einiges wissen..."

Der Wirt nickte. Er ging in die Küche. Gegen das Licht der Fenster sahen Franticek, Paul und Caroline nun den anderen Gast. Er trug einen guten Mantel und war ganz glattrasiert, sogar sein Schädel war kahl und glänzte im Licht.

Franticek legte seinen Wandersack an die Wand, neben einen Tisch. „Stehlen wird ihn uns ja keiner. Nun, wir haben ja auch kaum etwas darin, was sich lohnt!" Er lachte und klopfte sich schnell auf die Brust. Die Kinder wußten, daß er seinen Geldbeutel an einer Schnur um den Hals gehängt hatte.

Sie setzten sich auf die Stühle daneben. Franticek beugte sich schwer über die Platte. „Jetzt merke ich, daß wir fast die ganze

Nacht gewandert sind", meinte er, „und daß ich am Morgen kaum eine Stunde geschlafen habe. Ich bin hundemüde."

Der Wirt kehrte zurück. Er brachte Wurst, Käse, Fladenbrote und heiße Milch, große Becher, Teller und kräftige Messer. „Guten Appetit", brummte er.

Sie stürzten sich hungrig auf die Mahlzeit. Franticek schnitt das Brot in dicke Scheiben. Während er kaute, flüsterte Paul: „Der Mann dort drüben ist mir unheimlich. Er hat so einen stechenden Blick!"

„Du wirst dich an den Anblick fremder Leute gewöhnen müssen", antwortete Franticek leise. „Wenn uns jeder andere Mensch unheimlich ist, kommen wir aus dem Gruseln nicht mehr heraus!"

Paul zuckte die Achseln, stützte sich mit beiden Ellenbogen auf, er schmatzte und rülpste vor Behagen. Caroline machte es nicht besser.

„Manieren habt ihr", seufzte Franticek.

„Ich übe ja nur . . ." Caroline lachte. „Ich will doch ein richtiger Junge sein!"

27

Der Mann am Nebentisch stand jetzt auf und schaute auf den Marktplatz. Er verschränkte die Hände auf dem Rücken.

Der Wirt steckte den Kopf durch die Tür. Er rief: „Mein Bursche hat Ihr Pferd wohl versorgt, Herr. Trockengerieben und Hafer vorgeschüttet. Es hat wohl einen scharfen Ritt hinter sich?"

„Nicht der Rede wert. Es ermüdet nur leicht", antwortete der

Fremde unwillig. Er sprach mit einer sonderbar hohen, gepreßt wirkenden Stimme. „Ich bin kaum eine Stunde geritten, von Simmersdorf her, wohnte dort bei einem Händler. Ich dachte gleich, daß das Pferd nicht gesund ist. Werde nachher den Tierarzt rufen. Laßt ihm jetzt seine Ruhe.“

„Wie Sie befehlen, Herr“, meinte der Wirt.

Der Mann kam dann zu Franticek und den Kindern an den Tisch. Sein Blick war gleichgültig, nur auf Caroline ruhte er länger. „Weit unterwegs?“ fragte er, ein wenig singend, die Vokale schleppend.

„Das ist unsere Sache“, antwortete Franticek unwillig.

„Aber gewiß doch! Herr Wirt, einen doppelten Korn, von Ihrem besten, auf meine Rechnung für den Herrn hier, wenn's recht ist. Ich setze mich gern ein wenig zu euch ...“

Franticek machte eine unbestimmte Handbewegung. Die Kinder rückten zur Seite.

Der Wirt brachte den Schnaps für Franticek. „Selbstgebrannt, Herr“, sagte er. „Sie finden keinen besseren!“

„Sie trinken nicht?“ fragte Franticek seinen Gastgeber.

Der lächelte. „Ich trank heute morgen schon meinen Teil. Man soll maßhalten.“

„Ja“, sagte Franticek. „Es macht müde.“

„Ein Glas nicht, das belebt. Wohl bekomm's!“ antwortete der Fremde.

Caroline betrachtete ihn verstohlen. Dieser Mann hatte so stechende Augen. Hatte sie die nicht schon einmal gesehen? Dieses Gesicht war ihr doch unbekannt, ein Gesicht ... wie ein Totenschädel. Es war zwar glattrasiert, aber offenbar in Eile. Sie fragte: „Sie sind rasch aufgebrochen, Herr?“

„Woher willst du das wissen, Bursche?“

„Weil Sie sich beim Rasieren geschnitten haben.“

Der Mann lachte. „Die Kerze flackerte. Es war eine trübe Funzel."

In diesem Moment öffnete sich die Tür zur Gaststube noch einmal. Ein älterer Mann kam herein, ein vornehmer Herr, er trug einen weiten Mantel, der mit Pelzwerk besetzt war. Gewiß war er ein reisender Kaufmann, vielleicht aus Nürnberg. Er trug eine Tasche aus Rindsleder, die legte er neben sich auf einen Tisch, als er sich setzte. Er grüßte kurz, und der Wirt verbeugte sich tief. Er redete ihn mit „Herr Rat" an und ließ ein reichliches Frühstück auftragen. Dampfende Schokolade, Eier und frisches Brot.

Der Glattrasierte blickte kurz auf. Seine Blicke gingen flüchtig über die Ledertasche mit dem silbernen Schloß. Dann sagte er gleich wieder zu Franticek: „Gestatten Sie, daß ich mich vorstelle. Ich heiße Herbert von Stich ..., komme aus dem Badischen."

„Guten Tag", antwortete Franticek. „Ich bin Franz Heller, und das hier sind Karl und Paul, Waisenkinder. Wir sind auf der Suche nach einem Verwandten. Er soll beim Franzosenkaiser Dienst genommen haben. Wissen Sie, wo sich die Armee jetzt befindet?"

„Das weiß niemand. Es heißt, daß Napoleon nach Landshut oder Regensburg marschiert. Er will die Österreicher unter Erzherzog Karl schlagen, wo er sie findet. Aber verzeiht, ich muß jetzt nach meinem Pferd sehen!"

Herr von Stich stand auf und verließ die Gaststube.

„Schlaf doch ein bißchen", schlug Caroline Franticek vor. „Wir schauen uns in der Stadt um. In einer Stunde, um neun, sind wir wieder da."

„Aber nicht später!" Franticek bettete seinen Kopf zwischen die Arme. Bald war er eingeschlafen.

Caroline und Paul gingen. Unwillkürlich erhoben sie sich auf die Zehenspitzen. Der feine, ältere Herr beobachtete sie freundlich. Er frühstückte ruhig, sagte kein Wort.

28

Herr von Stich hielt sich im Dunkel des Hausganges verborgen. Er sah, wie die Kinder den Gasthof verließen, zwei Scherenschnitte in der Tür, vor dem Licht des Tages auf dem Platz.

Ein triumphierendes Lächeln spielte um seine Lippen.

Er wartete.

Ein wenig später öffnete er die Tür zur Stube. „Herr... Herr", rief er leise.

„Was ist?" fragte der ältere Reisende.

„Ihr Pferd ist so unruhig! Sie sollten sich darum kümmern!"

„Ach? Mein Kutscher ist gerade beim Schmied. So komme ich selbst..." Der Herr stand auf. Seine Stiefel knarrten. Herr von Stich trat beiseite. „Ich hatte auch Sorgen mit meinem Tier", meinte er vertraulich.

Der Kaufmann ging durch den langen Gang in den Hof.

Mit einem Sprung war Herr von Stich bei der Reisetasche. Er öffnete sie, und während er Franticek nicht aus den Augen ließ, suchte er nach der Börse, nahm sie heraus – und schon kauerte er vor dem Wandersack an der Wand.

Franticek atmete leise.

Das alles dauerte nicht einmal eine Minute. Dann folgte Herr von Stich dem Kaufmann, war im Stall, stand neben ihm vor der Pferdebox. „Sonderbar", sagte der alte Herr. „Ich sehe nichts, das Pferd ist ganz ruhig."

„Um so besser“, war die Antwort, „dann habe ich mich wohl geirrt. Wollte jedoch nichts versäumen ...“

„Ich bin Ihnen dankbar“, brummte der Kaufmann.

Gemeinsam begaben sie sich zurück in die Gaststube.

Dort rief Herr von Stich: „Zahlen, Herr Wirt!“ und schien es auf einmal eilig zu haben.

Der Wirt kam. Herr von Stich zahlte. Auch der Kaufmann wollte gleich alles erledigen. „Die Rechnung, wenn's gefällig ist.“ Der Kaufmann griff nach seiner Tasche. Das Schloß schnappte, seine Hand fuhr hinein. „Was ist das?“ murmelte er. „Ich weiß doch gewiß ...“

„Es fehlt doch nichts?“ fragte der Wirt.

Herr von Stich schaute besorgt.

„Meine Geldbörse fehlt, mein Portemonnaie ...“, rief der Kaufmann erregt.

„Oh, suchen Sie nur gründlich, Herr Rat, mir ging es neulich genauso, dachte an Diebstahl. Es klärte sich aber alles schnell auf.“ Herr von Stich wollte trösten.

Die Geldbörse aber blieb verschwunden. Da schaute der Kaufmann zu Franticek. „Der Mann blieb allein hier, während wir beide im Stall waren.“

„Aber er schläft doch“, meinte Herr von Stich.

„Sofort schicke ich meine Magd zur Polizei!“ rief der Wirt. Er fuchtelte mit den Händen herum, strich sich übers Gesicht. „In meinem Hause ...“, jammerte er.

Er rannte mit eiligen, kurzen Schritten zur Tür, rief seine Magd mit hoher, sich überschlagender Stimme und schickte sie fort.

Sehr schnell kam der Wachtmeister, die Polizeistation war ja nur wenige Schritte entfernt, über den Platz. Seine Stiefel knallten, die Uniform war aus festem Tuch, der Degen klirrte, er hing am Gürtel und breitem, glänzendem Schulterriemen, der Schnurrbart sträubte sich, die Haare standen wie Borsten aufrecht.

Franticek erwachte. Er tauchte aus tiefem Traum auf, rieb sich die Augen. Der Kaufmann sah ihn an, düster, drohend.

„Was ist ...“, fragte Franticek.

Der Kaufmann erklärte, er wolle niemanden verdächtigen. Er sagte alles, was er dachte, nur Franticek war in der Stube gewesen, und allein.

Dem Wachtmeister war die Sache sofort klar, er herrschte Franticek an, er solle gestehen. Der Polizist faßte ihn hart an und verlangte, den Reisesack zu sehen, der lag ja an der Wand. Der Polizist ließ ihn aufschnüren.

Da war die Geldbörse schnell gefunden, und es half Franticek nichts, daß er seine Unschuld beteuerte. Der Beweis sprach gegen ihn.

Der Wachtmeister band Franticek die Hände mit Lederriemen auf den Rücken. Das schmerzte, gleich bildeten sich rote Striemen. Er stieß Franticek vor sich her, zur Polizeiwache. Der Kaufmann aus Nürnberg mußte folgen, er war der Bestohlene und der Kläger. Der Wirt mußte auch mitkommen, denn in seinem Haus war der Diebstahl geschehen.

Der Wachtmeister sandte die Magd zum Bürgermeister, denn der Bürgermeister übte das Amt eines Richters aus. Herr von Stich aber, so meinte der tüchtige Mann mit rotem Gesicht, möge nur in der Gaststube warten. Zwar sei er wohl kaum in die Sache verwickelt, aber wenn der Herr Bürgermeister ihn als Zeugen zu vernehmen wünsche, dann möge er kommen, sich bereithalten.

Herr von Stich nickte. „Das ist selbstverständlich“, murmelte er.

Etwas in seiner Stimme ließ Franticek aufhorchen, doch gleich spürte er die Faust des Wachtmeisters im Nacken. „Vorwärts!"

Er stolperte über die Türschwelle.

29

Paul und Caroline waren durch die Stadt gestreift, durch enge, verwinkelte Gassen. Sie hatten bei Handwerkern in die Werkstätten geschaut, beim Schmied, beim Färber, beim Weber, und auch die Apotheke hatten sie betrachtet, durch das Fenster mit den Butzenscheiben.

Erwachsene hatten hinter ihnen hergeschaut, Kinder waren mit ihnen mitgelaufen und hatten gefragt, wo sie herkamen, wo sie hinwollten. Sie hatten nur geantwortet: „Wir sind auf Wanderschaft."

In den Hinterhöfen gackerten Hühner auf dem Mist, da gab es auch Schafe und Ziegen. Die Hausfrauen fegten die Türschwellen mit Reisigbesen. Vögel segelten über die Dächer. Auf dem Pflaster hüpften die Spatzen. Sie suchten im Pferdemist nach Körnern.

Als die beiden auf den Marktplatz zurückkehrten, war es wenige Minuten vor neun. Sie lasen es auf dem goldenen Zifferblatt auf dem Turm der Michaelskirche.

„Da möchte ich hinaufsteigen", rief Caroline.

Vor einem schmalen Haus auf der gegenüberliegenden Seite des Platzes waren viele Menschen zusammengeströmt. Dort war die Polizeiwache, das hatten sie im Vorbeigehen gesehen.

„Da haben sie wohl einen Landstreicher oder einen Dieb erwischt", meinte Paul. „Das ist immer einen Volksauflauf wert.

Ich gehe auch hin."

„Ach nein!" Caroline schüttelte den Kopf. „Der arme Kerl. Sicher hat er nur aus Hunger gestohlen. Ich steige lieber auf den Turm."

Sie traten durch die schmale, hohe Tür. Sie war aus braunem Holz roh zusammengefügt und stand offen. Im Inneren des Turmes wand sich eine steile Wendeltreppe empor, um einen schmalen, offenen Schacht, in dem die Glockenseile hingen. Paul blickte den Schacht hinauf, er war schwindelnd hoch und verlor sich im Dunkeln. Nur ganz oben, wo die Glocke hing, schimmerte ein wenig Licht.

Paul faßte das kräftige Seil. Er versuchte es zu bewegen. „Das geht schwer!" rief er.

„Es ist bestimmt verboten", meinte Caroline.

„Ja, wenn geläutet wird, laufen alle Leute zusammen. Zur Messe oder vielleicht auch, weil es brennt. Hab keine Angst. Ich läute ja nicht. Oder denkst du, daß ich bestraft werden will? Trotzdem, Lust hätte ich schon. Aber ich müßte mich richtig dranhängen. Die Glocke ist schwer. Sie zieht mich rauf und runter, als ob ich schaukelte – oder flöge!"

„Also, ich steige auf den Turm. Kommst du mit?" fragte Caroline.

„Nein! Nach dieser Nachtwanderung auch noch tausend Stufen klettern? Ohne mich! Ich gehe lieber in den *Goldenen Ochsen* zu Franticek. Bleib nicht so lange fort. Wir warten auf dich!"

Caroline nickte. Sie wandte sich zur Wendeltreppe. Schon nach der fünften Stufe konnte Paul sie nicht mehr sehen.

Dann rannte er über den Marktplatz zum Gasthaus.

Ein Mann hatte dort hinter dem Fenster gestanden, Herr von Stich. Als er die Kinder im Turm verschwinden sah, wollte er ihnen folgen. Deshalb ging er zur Eingangstür des Gasthofes.

Als nun aber Paul allein zum *Goldenen Ochsen* zurückkehrte, verbarg er sich im Dunkel des Flures. Er schlich bis zu dessen anderem Ende, bis zu der kleinen Tür, die in den Hinterhof führte.

Von dort her rief er Paul: „He, du!"

„Ja?"

„Komm her! Ich will dir etwas zeigen! Eine Stute hat gefohlt!"

Ein junges, eben erst zur Welt gekommenes Fohlen, das war etwas für Paul! Er rannte zur Hinterpforte. Herr von Stich nahm ihn an der Hand. Er führte ihn in den Hof. In der Mitte breitete eine Kastanie ihre grünen Äste aus. Rechts war eine weißgekalkte Mauer, links befanden sich die Ställe, Kammern und Abstellräume.

„Was ist es für ein Fohlen?" fragte Paul. „Ein Rappe? Ein Schimmel?"

„Nur hier herein!" rief Herr von Stich. „Du wirst es gleich sehen. Es gefällt dir bestimmt." Er öffnete eine kleine Tür. Da war eine dunkle Kammer. Auf dem Boden lag allerhand Werkzeug herum, Lederriemen, Trensen, Zügel.

„Das ist doch nicht der Pferdestall!" rief Paul.

„Es ist trotzdem richtig hier!" Herr von Stich warf Paul blitzschnell zu Boden. Der Mann hatte Bärenkräfte. Er zog dem Jungen die Arme auf den Rücken und schnürte sie mit Riemen zusammen. Paul schrie. Da schlug ihn der Mann ins Gesicht. Er riß ein Stück Stoff aus seinem Hemd, stopfte es ihm in den Mund, knebelte den Jungen.

„Jetzt bist du still!" sagte er, und er sagte es in seiner alten Sprache, mit unverstellter Stimme. Paul erkannte sie sofort.

Er schlug um sich, auf dem Boden liegend, vor Wut und Zorn. Aber auch vor Angst um Caroline.

„Es nützt dir nichts“, rief der Glonersepp. „Hier drin bist du gefangen. Und hier bleibst du, bis alles vorbei ist. Hernach sehen wir weiter! Und denk nicht, der Franticek könnte euch noch helfen! Der Franticek ist auch gefangen. Von der Polizei. Dafür habe ich schon gesorgt. Also dann! Aus ist es mit euch!“

Er gab Paul noch einen kräftigen Fußtritt. Und das schmerzte. Dann war er draußen. Er trug feste Stiefel. Er schlug die Tür hinter sich zu.

Paul hörte, wie der Schlüssel gedreht wurde und das Schloß sich vorschob.

Die Schritte des Mannes verklangen. Paul wußte, wohin er wollte. Sein Herz klopfte wie wild. Er lag zusammengekrümmt und zusammengeschnürt auf dem Boden, zwischen dem Werkzeug, den Lederresten, im Staub. Er rollte sich auf die Seite, er bekam kaum Luft, das Blut rauschte in seinen Ohren.

30

Der Platz lag in der grellen Sonne. Der Glonersepp trat aus dem *Goldenen Ochsen.* Auf der Türschwelle blieb er stehen. Er blickte sich um, legte den Kopf in den Nacken, seine Blicke wanderten am Turm empor. Der Turm hatte kleine Fenster, sie folgten der Wendeltreppe.

Da sah er auch die Gestalt. Spielzeugklein stand sie in einer Öffnung und blickte hinaus.

Das war der Junge – das war Caroline! Wenn das Mädchen stürzte, wer wollte beweisen, daß es nicht selbst daran schuld war? Manche Steine waren dort oben eben locker. Ein Geländer gab es nicht.

8 9465-8

Der Marktplatz war menschenleer. Die Leute drängten sich vor der Polizeiwache und schauten zu den Fenstern hinein. Nur ein Junge spielte unbeteiligt auf einer Stufe mit Bauklötzen. Das Kind war dem Glonersepp gleichgültig. Die Tür vom Turm stand noch offen. Langsam setzte sich der Glonersepp in Bewegung, über den Platz, auf den Kirchturm zu.

In der Wachstube stand Franticek gefesselt vor der Schranke. Dahinter war das Gericht. Zwei Soldaten hielten ihn an den Oberarmen. An ihren Gewehren blitzten die Bajonette.

Am Tisch saßen der Polizist und der Bürgermeister. Auch der Kaufmann aus Nürnberg war da in seinem pelzbesetzten Mantel. Er war ungeduldig, er wollte sein Geld wiederhaben und abfahren.

Franticek beteuerte wieder und immer wieder, daß er unschuldig sei: „Ein anderer hat mir die Börse in den Sack gesteckt, während ich schlief!“ rief er, rot vor Zorn.

Der Bürgermeister entgegnete: „Sag endlich die Wahrheit! Das ist ein Märchen. Du bist überführt. Und da du uns auch nicht erklären willst, wo du herkommst und was du hier suchst, sagen wir dir auf den Kopf zu, daß du ein Dieb und Landstreicher bist. Du mußt ins Gefängnis nach Regensburg. Dort wird man dir den Prozeß machen und dich aufhängen!“

Franticek schwieg. Seine Lage war aussichtslos. Erzählte er von Waldeggsdorf und seinem Reisezweck, hatte er gleich gar nichts mehr zu hoffen. Ihm konnte nur die Zeit, ihm konnten nur die Kriegsereignisse helfen. So rasch hängte man selbst in diesen Tagen keinen mehr.

„Können Sie mich nicht entlassen?“ fragte der Kaufmann. „Ich verliere meine Zeit, und meine Zeit ist mein Geld.“

„Sind Sie sicher, daß Ihnen nichts anderes fehlt?“

„Ich wüßte nicht...“

„Man sollte den Lumpen trotzdem noch einmal durchsuchen“, entschied der Bürgermeister. „Wohl möglich, daß er in seiner Kleidung noch anderes Diebesgut hat.“

„Nein!“ rief Franticek. Nahm man ihm auch noch den eigenen Beutel, dann konnte er alle Hoffnungen begraben.

Doch die Soldaten packten ihn fest. Der Wachtmeister griff Franticek unter das Hemd und zog den Beutel mit den Dukaten hervor.

„Mein Eigentum!“ brüllte Franticek. „Die Kinder können's bezeugen.“ Und weil nun nichts anderes mehr helfen konnte, rief er noch: „Der Sekretär Kaltenegger aus Krötzingen kann's bezeugen! Von dem hab ich das Geld, er kaufte meine Hütte im Moor!“

„Krötzingen?“ Der Kaufmann hob den Kopf. Er schaute Franticek nachdenklich an.

„Endlich einmal etwas, das sich nachprüfen läßt“, murmelte der Bürgermeister. „Gebt mir den Beutel!“ Er schüttete den Inhalt auf den Tisch, um die Dukaten zu zählen.

„Da ist auch ein Rubin, ein Ring!“ rief der Wachtmeister.

Der Bürgermeister nahm den Ring, hielt ihn vor seine Augen. „Mit einem Wappen...“

Der Kaufmann streckte die Hand aus. „Geben Sie her!“

„Ist es der Ihre, Herr Rat?“

„Nein, nein, aber trotzdem...“ Der Kaufmann warf nur einen Blick darauf, dann rief er: „Das ist doch seltsam!“ Er wandte sich Franticek zu. „Woher hast du... woher hast du den Ring?“

„Von einem Freund“, sagte Franticek. „Ich bin unterwegs, um ihn zu suchen. Wenn ich ihn gefunden habe, wird er bestätigen, daß ich die Wahrheit sage!“

„Wie heißt er?“ fragte der Kaufmann.

Franticek schwieg.

„Wie heißt er, Mann! Es hängt alles von diesem Namen ab!"

„Alexander Helmbold!" rief Franticek. „Vom Bankhaus Helmbold, Herr! Er gab mir den Ring als Zeichen. Er sollte mir helfen, mir den Weg zu ihm ebnen!"

Der Kaufmann nickte. Er flüsterte dem Bürgermeister zu: „Mir scheint, der Mann sagt die Wahrheit!"

„So kennen Sie den Ring?"

„Nur zu gut. Er gehörte meinem ältesten Freund, dem Bankier Friedrich Helmbold. Er vererbte ihn seinem Sohn Alexander. Als ich Alexander vor vielen Jahren das letzte Mal sah, bevor er seine Heimat verließ, fehlte der Ring an seiner Hand. Das fiel mir auf. Ich fragte ihn, und er erzählte, er habe ihn einem Mann aus Böhmen gegeben, in Waldeggsdorf bei Krötzingen. Hätte dieser nun nur den Ring gehabt, könnte man noch glauben, er hätte ihn gestohlen. Aber da er den Namen nennt..."

„Aber er hat gestohlen!" rief der Wachtmeister.

Der Kaufmann fragte Franticek: „Meinst du, daß mir ein anderer die Börse weggenommen hat, nur um dich zu verdächtigen?"

„Ja, Herr!"

„Aber warum? Warum behielt er das Geld nicht selbst?"

„Ich weiß es nicht, Herr, ich kann es nur vermuten: man will mich aus dem Weg räumen..."

Da fragte der Bürgermeister: „Wer aber soll es gewesen sein, da doch Herr von Stich mit Ihnen bei den Pferden war?"

„Ich überlege", rief der Kaufmann. „Ich war ja erst allein im Stall. Ja, Herr von Stich hat mich dorthin geschickt, unter einem Vorwand! Er sagte, daß mein Pferd unruhig sei, aber das stimmte nicht. Er selbst kam später. Er blieb also noch in der Gaststube. Fein überlegt. Wenn wir nur wüßten, warum? Warum..."

„Ich kann es mir denken, und ich habe Angst!" rief Franticek. „Ich habe Angst um meinen jüngsten Begleiter, den kleinen Karl..."

31

Caroline hatte den Turm erklommen. Oft war sie stehengeblieben und hatte aus den Fenstern geschaut. Je höher sie kam, desto kleiner wurden die Dächer und Giebel der Stadt. Da war der Marktplatz, nur ein graues Feld von hier oben. Da war die Polizeiwache mit den winzigen Menschen davor.

Ein Mann kam langsam über den Platz, sein Schatten lag neben ihm. Die Sonne stand tief. Sonnenuhren hatten die Leute früher gehabt, dachte Caroline, das war eigentlich schön. Aber jetzt hatte man Kirchturmuhren mit goldenen Zeigern, die gingen genauer, die zeigten die Stunde auch an, wenn es regnete. Das war doch besser.

Sie hörte das Uhrwerk. Tick – tack – tick – tack, mit langsamen, schweren Schlägen. Es ging viel langsamer als Carolines Herz klopfte. Jetzt, beim Aufsteigen, schlug es kräftig und laut; sie hörte es deutlich, wenn sie stehenblieb. Sie atmete tief ein. Das Steigen machte ihr Spaß. Sie war jung, das Leben war schön!

Nun waren es nur noch wenige Stufen. Die Treppe war ausgewaschen von Wind und Wetter, sie drehte sich um die Mittelsäule, führte steil hinauf. Da war schon die obere Plattform. Caroline kroch durch den Ausschlupf, stand oben, das Hemd, die Hose flatterten, und die Haare wurden vom Wind gepackt.

Die Glocke war schwarz, unten baumelte der eiserne Klöppel. Jetzt schwieg die Glocke. Aber wie konnte sie dröhnen!

Hier war kein Geländer. Caroline traute sich nicht an den Rand, da stürzte die Mauer senkrecht hinab, in die Tiefe, auf den Platz, auf das Pflaster. Wer da herunterstürzte, wurde zerschmettert, und schrecklich mußten die Sekunden des Falls sein.

Caroline empfand ein Schwindelgefühl. Die Knie wurden ihr weich. Sie schaute vom Absturz fort, in den Himmel, auf das Land. Ihr Blick ging weit über die Stadtmauern hinaus. Fast rund lag das Städtchen mit seinen roten Giebeln unten. Krähen krächzten um die Turmspitze, schwarze Vögel; manche Leute sagten, es seien Todesvögel.

Plötzlich hörte Caroline Schritte. Sie lauschte. Es waren hastige, schwere Schritte, die Schritte eines Mannes, der es eilig hatte. Sie kamen näher. Caroline wußte nicht warum, aber sie fürchtete sich. Hier gab es keinen Ausweg.

Paul wandte und drehte sich. Er schabte die überkreuzten Hände auf dem Boden hin und her. Aber die Fesseln hielten.

Da streckte er sich aus, so gut es ging. Er überlegte. Er ließ seine Augen in der Kammer umherwandern. Es drang nur wenig Licht durch die Türritzen. Es gab keine Fenster.

An der Wand stand eine Hobelbank, mit festen Beinen. Langsam, unendlich langsam und mühsam, schob sich Paul hinüber.

Endlich erreichte er die Hobelbank. Er rieb den Kopf dagegen. Endlich gelang es ihm, das Tuch vor dem Mund abzustreifen. Er zerrte und würgte an dem Knebel. Der Riemen schnürte. Paul scheuerte den Nacken am Tischbein entlang. Er stieß mit dem Unterkiefer dagegen, bemühte sich, den Knebel zu dehnen.

Wenn er nur die Hände freibekäme! Wieder blickte er sich

um, und wieder entdeckte er etwas. Dort drüben stand ein alter Bottich aus Zink, dessen oberer Rand abgerissen war. Da war also eine scharfe Kante. Paul angelte mit den gefesselten Händen nach dem Bottich; er schwankte, aber es gelang Paul, seine Hände über die scharfe Kante zu schieben. Er drückte, rieb, versuchte es mit kleinen, sägenden Bewegungen...

Das Leder ächzte, knirschte. Ein schönes Geräusch.

Schweiß trat auf Pauls Stirn. Speichel tropfte ihm aus dem Mund. Endlich! Da war ein Riß! Ein reißendes Geräusch. Paul hatte die Hände frei, die Fesseln lagen zerschnitten auf dem Boden. Doch er hielt sich nicht auf.

Jetzt konnte er den Knebel entfernen. Er atmete tief ein.

Zur Tür! Er schrie verzweifelt. Die Tür bebte, sie donnerte, wenn er sich dagegenwarf. Doch es hörte ihn niemand. Er nahm Anlauf, warf sich gegen das Holz.

Seine Schulter schmerzte wie Feuer.

Paul warf sich auf den Boden. Er ließ seine Hände wandern, schnell, im Halbkreis um sich herum... Da war ein kräftiges Eisen, eine Stange! Er stemmte sie in die Ritze, durch die das Licht fiel. Er stützte sie auf den Türstock, drückte sie zur Seite, die Tür federte, der Spalt verbreiterte sich, noch etwas, weiter! Die Stange bog sich, sie mußte halten, und sie hielt; ein letztes verzweifeltes Dagegenpressen, dann sprang das Schloß, die Tür flog auf. Paul stürzte in den Hof. Er taumelte, stürzte auf das Pflaster, aber er war draußen, war frei. Dann rannte er los. Fieberhaft überlegte er. Zur Polizei? Zu Franticek? Nein, das dauerte zu lange. Er mußte zum Turm, zu dem Glockenseil.

32

Nun war der Mann schon ganz nahe, Caroline hörte ihn keuchen. Sein Kopf erschien in der Bodenöffnung, wo die Treppe endete, es war der glattrasierte Schädel dieses Mannes aus der Gaststube. Caroline wußte nicht, wo sie sich festhalten konnte, es war ihr nicht wohl, aber immerhin kannte sie ihn, sie rief: „Ach, Herr von Stich . . ."

Und er lachte, schob seinen Oberkörper aus der Öffnung, blieb dann dort, stützte die Ellenbogen auf den Boden, schaute sie an und rief: „Ja, Caroline, da staunst du, wie ein Bart einen verändern kann . . .", mit seiner gewöhnlichen Stimme, in seinem bayerischen Dialekt.

Der Glonersepp! Sie wurde aschfahl . . .

Aus der Polizeiwache kamen sie, liefen, rannten, Franticek voran, losgebunden jetzt, der Kaufmann an seiner Seite, der Bürgermeister, der Wachtmeister, der Wirt, die Soldaten, die Neugierigen.

Schreie gellten. In der Turmhaube, ganz oben, stand ein Mann gegen Westen. Und eine zierliche Gestalt, kaum zu erkennen, stand im Osten, mit dem Rücken zur aufgehenden Sonne, mit dem Rücken vor dem Abgrund.

„Hab ich dich!" zischte der Glonersepp auf dem Turm. „Mir kommst du nicht aus!" Er hielt in der Hand den Dolch, blitzend, mit scharfer Schneide.

„Nein! Nein!" keuchte Caroline. „Nein, Glonersepp . . ."

„Es ist aus!" rief er. Das Jagdfieber hatte ihn gepackt. „Keiner wird's wissen, keiner kann's mir beweisen! Du wirst stürzen, bist dann zerschmettert..."

„Glonersepp!"

„Sagen werde ich, daß du ins Leere getreten bist, bist ja so ungeschickt, ein junges Ding. Hier ist schon mancher vom Leben zum Tode gekommen. Es wird ganz leicht sein. Nur ein Stoß mit der Hand. Ja, nicht einmal das! Zu erschrecken brauch ich dich nur, du weichst zurück, und schon ist's geschehen. Da fliegst du hinab!

„Glonersepp! Das wirst du nicht tun! Das kannst du nicht..." Caroline war zurückgetreten; instinktiv wich sie dem Mann aus, obwohl es eigentlich Wahnsinn war. Sie mußte sich in der Mitte halten, immer um die Glocke herum...

Ihre schweißnassen Finger suchten Halt am Stein, an der Ecksäule. Die Mauer war sandig, da war kein Griff, kein Vorsprung...

Der Glonersepp duckte sich, den Dolch hatte er in der Linken.

„Soldaten, legt an!" befahl unten der Wachtmeister.

Die Soldaten richteten ihre Gewehre in die Höhe.

„Zielt auf den Mann!" befahl der Wachtmeister.

„Wir treffen das Mädchen!" warnten die Soldaten.

Da bewegte sich die Glocke, ging hoch, stieg nach der Seite, der Glockenbalken drehte sich und knarrte, der Klöppel schlug mit tiefem Ton an das Metall. Der Glonersepp erschrak, blickte empor – da schwang die Glocke zurück und stürzte hinab, ihm entgegen, zum tiefsten Punkt, auf der anderen Seite wieder hoch und traf den Mann mit voller Wucht.

Der Glonersepp schrie auf. Er taumelte, wurde zur Seite geschleudert, fand keinen Halt, dann stürzte er, ein hilfloses

Bündel, und fiel mit ausgebreiteten Armen in die Tiefe.

Ein Mantel wurde über den leblosen Körper gebreitet.

Die Glocke dröhnte.

Franticek jagte die Treppe hinauf, immer im Kreis. Er war bald oben. Der Glocke wich er zwar aus, aber verstehen konnte er kein Wort, so dröhnte sie. Bleich stand Caroline da, schnell war er bei ihr, schloß sie in die Arme, zog sie fort vom Abgrund. „Es ist gut, es ist alles gut, Kind!“

Franticek bekam seine Gulden zurück und auch den Ring. Der Kaufmann regelte alles. Gemeinsam verließen sie Schwarzenburg. Sie rollten in seiner Kutsche durch das Tor. Er wollte mit ihnen nach Regensburg.

Franticek, Paul und Caroline saßen ihm gegenüber. Das Polster war weich, die Kutschfedern quietschten. Der Kaufmann blickte die drei nachdenklich an. Besonders lange hafteten seine Augen auf Caroline.

„Ich wollte, ich könnte euch helfen“, murmelte er. „Aber in diesen Zeiten weiß keiner, was ihm begegnet. Man muß froh sein, wenn man selbst ungeschoren davonkommt.“

Franticek nickte. „Und dennoch bin ich froh, daß wir Sie getroffen haben, Herr Rat!“

Paul schlief, von Müdigkeit und Erschöpfung übermannt, in einer Ecke der Kutsche.

Caroline zog die Decke hoch, die von Pauls Knien gerutscht war. Sanft legte sie ihm die Hand auf die Schulter. Sie brauchte nichts zu sagen.

Sie wußte, was sie ihm dankte.

CIP-Kurztitelaufnahme der Deutschen Bibliothek

Simon, Katharina:
Caroline : [e. Mädchenschicksal in d.
großen Zeit d. Königreiches Bayern] /
Katharina Simon. – München : F. Schneider
(Schneider-Buch : Mädchen)

Bd. 1. Die Verschwörung im Schloß. –
Neuaufl. – 1987.
ISBN 3-505-09465-X

Schneider-Buch

8000 München 46 · Frankfurter Ring 150

Titelbild und Illustration: Ulrike Heyne, Herford
Umschlaggestaltung: Claudia Böhmer, München
Lektorat/Redaktion: Helga Wegener-Olbricht
Herstellung: Brigitte Matschl
Druck: Presse-Druck Augsburg
ISBN: 3 505 09465-X
Bestell-Nr.: 9465

MARGOT KREUTER

Blumen für Johanna

Johanna, 18 Jahre, ist groß und kräftig und kann arbeiten wie ein Junge. In der elterlichen Autowerkstatt ist sie Vaters „bester Mann“. Doch die tatkräftige Johanna ist auch ein sensibles, gefühlvolles Mädchen, immer bereit, zu helfen und auszugleichen. Als Johanna den Jungen Roland kennenlernt, muß sie beweisen, was in ihr steckt — denn Roland braucht Hilfe.

Das Besondere dieses Buches:
Die bekannte Autorin zeigt in dieser einfühlsamen Geschichte, wie wichtig es ist, vorgefaßte Meinungen zu ändern und verletzende Vorurteile abzubauen.

Schneider-Buch